PRENDA-ME

CAPTURE-ME: LIVRO 2

ANNA ZAIRES

♠ MOZAIKA PUBLICATIONS ♠

Copyright © 2019 Anna Zaires e Dima Zales

www.annazaires.com/book-series/portugues/

Publicado pela Mozaika Publications, impressão da Mozaika LLC.

www.mozaikallc.com

Capa de Najla Qamber Designs
www.najlaqamberdesigns.com

Tradução de Christiane Jost, revisão de Karine Lima e Ayrton Jost.

e-ISBN: 978-1-63142-447-2

ISBN da versão impressa: 978-1-63142-448-9

I

A PRISIONEIRA DELE

 *ulia*

Prisioneira. Cativa.

Com o peso altamente musculoso de Lucas prendendo-me na cama, senti a realidade de forma mais aguda que nunca. Meus pulsos estavam presos sobre a cabeça e meu corpo era invadido por um homem que acabara de me mostrar o céu e o inferno. Consegui sentir o pênis de Lucas amolecendo dentro de mim e meus olhos queimaram com lágrimas não derramadas enquanto eu estava deitada com o rosto virado para não olhar para ele.

Ele me possuíra e, mais uma vez, deixei que fizesse isso. Não, não apenas deixei que fizesse... eu o abracei. Sabendo o quanto meu carrasco me odiava, eu o beijei por conta própria, entregando-me aos sonhos e às fantasias que não tinham lugar na minha vida.

Entreguei-me ao meu desejo por um homem que me destruiria.

Eu não sabia por que Lucas ainda não fizera isso, por que estava na cama dele em vez de em uma cabana de tortura, ferida e sangrando. Não fora isso que eu esperara quando os homens de Esguerra me levaram para lá no dia anterior e percebi que o homem cuja morte achei que causara estava vivo.

Vivo e determinado a me punir.

Lucas se moveu em cima de mim, mudando o peso ligeiramente de lugar, e senti o vento frio do ar-condicionado na pele suada. Meus músculos internos se contraíram quando o pênis saiu de mim e notei uma dor profunda entre as pernas.

Minha garganta fechou um pouco mais e a ardência por trás das pálpebras se intensificou.

Não chore. Não chore. Repeti as palavras como um mantra, concentrando-me em manter as lágrimas sob controle. Era mais difícil do que deveria e eu sabia que era por causa do que acontecera entre nós.

Dor e prazer. Medo e desejo. Eu não sabia que a combinação podia ser tão arrasadora, nunca percebera que poderia voar logo depois de ter sido jogada no abismo do meu passado.

Eu nunca imaginara que gozaria momentos depois de me lembrar de Kirill.

Só de pensar no nome do meu treinador fez com

que o nó na garganta aumentasse, com as lembranças sombrias ameaçando me envolver novamente.

Não, pare. Não pense nisso.

Lucas se mexeu novamente, erguendo a cabeça, e soltei um suspiro de alívio quando ele soltou meus pulsos e saiu de cima de mim. A sensação ardente por trás dos olhos diminuiu quando respirei fundo, enchendo os pulmões com um ar muito necessário.

Sim, era isso. Eu só precisava de um pouco de distância dele.

Respirando fundo novamente, virei a cabeça para ver Lucas se levantar e remover a camisinha. Nossos olhos se encontraram e notei um toque de confusão na frieza azul do olhar dele. No entanto, no momento seguinte, a emoção desaparecera, deixando o rosto quadrado tão duro e neutro como sempre.

— Levante-se. — Lucas estendeu as mãos e agarrou meu braço. — Vamos. — Ele me arrastou para fora da cama.

Eu estava trêmula demais para resistir e cambaleei atrás dele pelo corredor.

Alguns momentos depois, ele parou em frente à porta do banheiro. — Precisa de um minuto? — perguntou ele. Assenti, sentindo-me grata pela oferta. Eu precisava de mais de um minuto, precisava de uma eternidade para me recuperar, mas aceitaria de bom grado um minuto de privacidade se era tudo que poderia ter.

— Não tente nada — disse ele quando fechei a porta. Aceitei a advertência dele, fazendo nada além de usar o vaso sanitário e lavar as mãos o mais depressa que pude. Mesmo se conseguisse encontrar algo com que lutar contra ele, eu não tinha forças naquele momento. Estava exausta, física e emocionalmente, com o corpo doendo quase tanto quanto a alma. Era demais, tudo aquilo: a breve conexão que achei que tivéramos, a forma como ele subitamente se tornara frio e cruel, as lembranças combinadas com o prazer arrasador.

O fato de Lucas ter me possuído apesar de ter outra garota, a que tinha cabelos escuros e que me espiara pela janela.

Minha garganta se fechou novamente e tive que engolir um soluço. Eu não sabia por que aquela ideia, dentre todas as coisas, era tão dolorosa. Eu não tinha direito algum sobre meu carrasco. No máximo, era um brinquedo, um pertence dele. Ele brincaria até ficar entediado e, depois disso, acabaria comigo.

Ele me mataria sem pensar duas vezes.

Você é minha, dissera ele enquanto trepava comigo. E, por um breve momento, achei que ele falava sério. Achei que se sentia tão atraído por mim quanto eu por ele.

Claramente, eu estava errada.

Uma camada fina de umidade cobriu minha visão e pisquei algumas vezes para clarear os olhos. O rosto que me olhava no espelho do banheiro estava totalmente pálido. Dois meses na prisão russa tivera um efeito na minha aparência. Eu nem sabia por que Lucas me queria naquele momento. A namorada dele era infinitamente mais bonita, com a compleição quente e as feições vibrantes.

Uma batida forte me assustou.

— Seu minuto acabou. — A voz de Lucas era dura e eu sabia que não podia mais adiar enfrentá-lo. Respirando fundo para me acalmar, abri a porta.

Ele estava parado na entrada, esperando-me. Esperei que ele me levasse de volta, mas, em vez disso, ele entrou no banheiro.

— Entre — disse ele, empurrando-me na direção do chuveiro. — Vamos tomar um banho.

Nós? Ele entraria comigo? Minhas entranhas se contraíram e o calor se espalhou pela minha pele ao pensar naquilo, mas obedeci. Eu não tinha opção e, mesmo se tivesse, a lembrança das semanas sem banho na prisão em Moscou ainda estava horrivelmente viva.

Se meu carrasco quisesse que eu tomasse cinco banhos por dia, aceitaria com prazer.

O box do chuveiro era grande o suficiente para acomodar nós dois, com o vidro limpo e moderno. Em geral, tudo na casa de Lucas era limpo e moderno, completamente diferente do apartamento minúsculo da era soviética em Moscou em que eu morara.

— O seu banheiro é bonito — disse eu quando ele ligou a água. Eu não sabia por que escolhera aquele assunto, mas precisava me distrair de alguma forma. Estávamos no chuveiro, nus, juntos e, apesar de termos acabado de fazer sexo, eu não conseguia parar de olhar para ele. Os músculos definidos se contraíam com cada movimento e o volume pesado estava pendurado entre as pernas, com o pênis ainda um pouco enrijecido brilhando com traços de sêmen. Ele não era o único homem que eu vira nu, mas era de longe o mais bonito.

— Gosta do banheiro? — Lucas se virou para me encarar, deixando que a água batesse nas costas largas, e percebi que eu não era a única a estar ciente da tensão sexual no ar. Estava lá, no olhar pesado que percorreu meu corpo antes de voltar ao meu rosto, na forma como as mãos grandes dele se contraíram, como se estivessem tentando não se estenderem na minha direção.

— Sim. — Tentei manter o tom casual, como se não fosse nada demais estarmos parados ali juntos depois de ele ter trepado comigo e deixado minhas emoções em turbilhão. — Gosto da simplicidade da decoração.

Era uma mudança agradável da complexidade do homem propriamente dito.

Ele me encarou, com os olhos pálidos mais cinzentos do que azuis sob aquela luz, e vi que, ao contrário de mim, não estava disposto a ser distraído. Ele tinha um motivo para querer que tomássemos banho juntos, motivo esse que ficou óbvio quando estendeu a mão e puxou-me para ficar sob a água ao seu lado.

— Abaixe-se. — Ele acompanhou a ordem com um empurrão ríspido nos meus ombros. Minhas pernas se dobraram, sem conseguir aguentar a força das mãos dele empurrando-me para baixo. Vi-me de joelhos em frente a ele, com o rosto no nível de sua virilha. As costas largas dele desviavam a maior parte da água, mas algumas gotas ainda me atingiam, forçando-me a fechar os olhos quando ele agarrou meus cabelos e puxou minha cabeça para perto do pênis rígido.

— Se você me morder... — Ele deixou a ameaça no ar, mas eu não precisava ouvi-la para entender que tal ação não seria boa para mim. Eu queria dizer a ele que não precisava me avisar, que estava abalada demais para lutar, mas não tive a oportunidade. Assim que abri os lábios, Lucas colocou o pênis dentro da minha boca, tão fundo que quase engasguei antes que ele o retirasse. Arquejando, segurei-me nas colunas de aço que eram as coxas dele. Ele enfiou o pênis novamente na minha boca, desta vez mais devagar.

— Ótimo, boa garota. — Ele aliviou um pouco o aperto nos meus cabelos quando fechei os lábios em volta do pênis grosso e chupei-o. — Exatamente assim, linda... — De forma bizarra, as palavras de encorajamento dele lançaram uma onda de calor dentro de mim. Eu ainda estava molhada depois da trepada e senti a umidade ao pressionar as coxas juntas, tentando conter a dor.

Não era possível que eu o quisesse de novo. Meu sexo estava dolorido e inchado, minhas entranhas sensíveis depois da trepada violenta. Eu também me lembrei da escuridão, das lembranças que chegaram muito perto de me engolir. Estar com um homem como aquele, quando eu estava totalmente à mercê dele, que queria me punir, era meu pior pesadelo. No entanto, com Lucas, nada disso parecia importar.

Eu ainda estava excitada.

Os dedos dele se enrolaram nos meus cabelos à medida que ele investia na minha boca, desenvolvendo um ritmo. Fiz o possível para relaxar os músculos da garganta. Eu sabia como fazer um excelente boquete e usei aquela habilidade, segurando os testículos com as duas mãos enquanto criava sucção com os lábios.

— Sim, isso mesmo. — A voz dele estava densa de desejo. — Continue.

Obedeci, apertando os testículos um pouco mais enquanto enfiava o pênis mais fundo na boca. Estranhamente, não me importei em dar aquele prazer a ele. Apesar de estar de joelhos, senti-me mais em controle naquele momento do que desde minha chegada de manhã. Eu *deixava* que ele fizesse aquilo e havia poder nisso, apesar de saber que era uma ilusão. Eu era prisioneira dele, não namorada. Contudo, por enquanto, eu podia fingir que era, que o homem que enfiava o pênis entre os meus lábios me considerava mais do que um objeto sexual.

— Yulia... — Ele rosnou meu nome, aumentando a ilusão. Em seguida, investiu com força e parou, lançando jatos densos de sêmen na minha garganta. Concentrei-me em respirar e não engasgar enquanto engolia, com as mãos ainda segurando os testículos tensos.

— Boa garota — sussurrou ele, deixando-me ficar com todas as gotas. Em seguida, ele acariciou meus cabelos com o toque mais gentil do que eu jamais sentira. Eu deveria ter considerado a aprovação dele humilhante, mas adorei a ternura, absorvendo-a com necessidade desesperada. Eu estava cansada, tão cansada que só o queria fazer era ficar ali, com ele acariciando meus cabelos até pegar no sono.

Cedo demais, ele me ajudou a levantar e abri os olhos quando a água começou a bater no meu peito, em vez de no rosto. Lucas não disse nada, mas, ao colocar sabão na palma da mão e aplicá-lo na minha pele, o toque ainda era gentil.

— Encoste em mim — murmurou ele, parando atrás de mim. Encostei nele, repousando a cabeça contra o ombro forte. Ele me lavou, com as mãos grandes ensaboando meus seios, minha barriga e o local macio entre as pernas. Ele estava cuidando de mim, percebi de forma sonhadora, e minha mente começou a devanear quando fechei os olhos para desfrutar da atenção.

Não demorou para que eu estivesse limpa. Ele deu um passo atrás, direcionando a água para me lavar. Cambaleei ligeiramente, com as pernas mal conseguindo me manter de pé. Lucas desligou a água e tirou-me do chuveiro.

— Vamos colocar você na cama. Está quase caindo. — Ele enrolou uma toalha grossa em volta de mim e pegou-me no colo, carregando-me para fora do banheiro. — Você precisa dormir.

Ele me levou para o quarto e colocou-me sobre a cama.

Pestanejei para ele, com os pensamentos lentos e embaralhados. Ele não ia me amarrar no chão, ao lado da cama?

— Você vai dormir comigo — disse ele, respondendo à pergunta não dita. Pisquei algumas vezes, cansada demais para analisar o que aquilo significava, mas ele já pegara um par de algemas da gaveta da mesinha de cabeceira.

Antes que eu pudesse pensar sobre as intenções ele, Lucas prendeu a algema no meu pulso esquerdo e a outra ponta no braço esquerdo dele. Em seguida, ele se deitou, estendendo-se ao meu lado, e curvou o corpo contra o meu por trás, passando o braço esquerdo algemado sobre mim.

— Durma — sussurrou ele no meu ouvido. Obedeci, mergulhando no conforto quente do esquecimento.

 ucas

A RESPIRAÇÃO DE YULIA FICOU REGULAR QUASE imediatamente e o corpo dela relaxou quando pegou no sono nos meus braços. Os cabelos dela ainda estavam úmidos do banho e o travesseiro absorveu a umidade, mas isso não me incomodou.

Eu estava concentrado demais na mulher nos meus braços.

Ela tinha o perfume do meu sabonete e um aroma próprio, único e delicado, que me lembrava de pêssegos. O corpo esguio era macio e quente e a curva do traseiro dela estava encostada na minha virilha. Meu corpo vibrou de contentamento enquanto eu estava deitado lá, mas minha mente se recusou a relaxar.

Eu trepara com ela.

Eu trepara com ela e, novamente, foi o melhor sexo que já tivera, superando até mesmo a primeira vez com Yulia em Moscou. Quando a penetrei, a intensidade das sensações me deixou sem fôlego. Não parecia sexo... parecia chegar em casa.

Mesmo agora, lembrar de como fora deslizar para dentro das profundezas quentes e apertadas dela fez com que meu pênis se contraísse e o peito doesse com algo indefinível. Eu não queria aquilo com ela, mesmo sem saber o que "aquilo" era. Deveria ter sido tão simples: trepar com ela, tirá-la da cabeça e puni-la, extraindo informações no processo. Ela matara homens com quem eu trabalhara e treinara durante anos.

Ela quase *me* matara.

A ideia de que eu conseguia sentir alguma coisa além de ódio e desejo por Yulia me deixava enfurecido. Eu precisava de toda a força de vontade para ignorar a suavidade no olhar dela e tratá-la como prisioneira, trepar de forma violenta em vez de fazer amor com ela. Eu sabia que a machucava, sentia-a lutando ao penetrá-la sem misericórdia, mas não podia deixar que soubesse como me afetava.

Eu não podia ceder àquela fraqueza insana.

Exceto que eu fizera exatamente isso quando ela chupara meu pênis sem protestar, sugando-me com a boca como se não conseguisse obter o suficiente. Ela me dera prazer depois que eu a tratara como uma prostituta e aquela necessidade maldita me tomou novamente.

A necessidade de abraçá-la e protegê-la.

Ela se ajoelhara à minha frente, com os cílios molhados cobrindo as bochechas pálidas enquanto engolia cada gota do meu sêmen. Eu quis abraçá-la, tomá-la nos braços e fazer promessas que nunca deveria manter. Optei por lavá-la, mas não consegui me forçar a amarrá-la e fazer com que dormisse no chão... como não consegui me forçar a machucá-la de verdade mais cedo.

Que confusão do caralho. Ela estava lá havia menos de vinte e quatro horas e a fúria que queimara dentro de mim por dois meses já começara a esfriar. A vulnerabilidade dela me afetou como nada mais me afetava. Eu não deveria me importar se ela estava fraca e faminta, se o corpo dela era uma sombra do que fora e se os olhos azuis estavam repletos de exaustão. Não deveria importar se ela fora recrutada aos onze anos e enviada para trabalhar como espiã em Moscou aos dezesseis.

Nenhum desses fatos deveria fazer diferença para mim, mas faziam.

Puta merda.

Fechei os olhos, dizendo a mim mesmo que o que sentia era temporário, que isso passaria quando me cansasse dela.

Eu disse aquilo a mim mesmo, apesar de saber que era mentira.

Não seria tão simples assim e eu deveria ter sabido disso.

~

UM RUÍDO ESTRANHO ME TIROU DE UM SONO PROFUNDO. Abri os olhos subitamente, com todos os traços de sono desaparecendo quando a adrenalina me invadiu. Fiquei tenso, preparando-me para lutar, mas lembrei-me de que não estava sozinho.

Havia uma mulher nos meus braços, com o pulso esquerdo dela algemado ao meu.

Soltei o ar lentamente, percebendo que o ruído fora produzido por ela. Ela se mexeu inquieta e ouvi-o de novo.

Um gemido suave que terminou em um grito estrangulado.

— Yulia. — Coloquei a mão esquerda no ombro dela, levando o braço dela junto. — Yulia, acorde.

Ela se contorceu, lutando com ferocidade súbita, e percebi que ainda não estava acordada. Ela choramingou e gemeu, puxando a algema com toda a força.

Filho da puta.

Segurei o pulso esquerdo dela para impedi-la de machucar nós dois e rolei sobre ela, usando o peso do corpo para imobilizá-la. — Acalme-se — sussurrei em seu ouvido. — É só um sonho.

Esperei que ela parasse de lutar, que acordasse e percebesse o que estava acontecendo, mas não foi o que ocorreu.

Ela se transformou em um animal selvagem.

 *ulia*

— *É SUA CULPA, PIRANHA. TUDO CULPA SUA.*

Um corpo pesado me pressionou contra o chão, mãos cruéis rasgaram minhas roupas e depois houve a dor brutal e ardente quando ele me penetrou, dizendo que era uma punição, que eu merecia pagar.

— Não! — gritei, lutando, mas não consegui me mexer, não consegui respirar sob ele. — Pare, por favor, pare!

— Acalme-se — sussurrou ele no meu ouvido em inglês. — Acalme-se, caralho.

A incongruência de Kirill falando em inglês me deixou atônita por um momento, mas eu estava em um estado de pânico muito grande para analisar aquilo completamente. A dor da violação e a vergonha eram como um torno esmagando meu peito. Eu estava sufocando, girando na escuridão gelada, e só o que conseguia fazer era lutar, gritar e lutar.

— Yulia, caralho, pare com isso! — A voz era mais profunda do que eu me lembrava e ele falou novamente em inglês. Por que ele fazia isso? Não estávamos em treinamento no momento. A estranheza me invadiu e percebi que não era a única coisa que era estranha.

Ele também não usava colônia.

Confusa, fiquei imóvel sob ele e notei que eu não sentia dor.

Ele estava sobre mim, mas não me machucava.

A realidade mudou e alinhou-se. E eu me lembrei.

Kirill fora sete anos antes. Eu não estava em Kiev. Estava na Colômbia, prisioneira de outro homem que queria me punir pelo que eu fizera.

— Yulia. — A voz baixa de Lucas soou perto do meu ouvido. — Posso soltar você?

— Sim — sussurrei com o rosto enterrado no travesseiro. Meus músculos tremiam de exaustão e minha respiração estava pesada, como se eu tivesse corrido. Eu devia estar lutando contra Lucas, em vez do fantasma no meu sonho. — Estou bem agora. De verdade.

Lucas saiu de cima de mim e senti um puxão no pulso esquerdo, onde as algemas ainda nos uniam. A pele sob o metal estava sensível e ardendo. Eu provavelmente puxara a algema durante a luta.

Ele se afastou de mim e, um segundo depois, uma

luz suave foi acesa, iluminando o quarto. A visão das paredes brancas limpas serviu como prova adicional de que eu sonhara e Kirill não estava por perto.

Lucas abriu a gaveta da mesinha de cabeceira e pegou uma chave para abrir as algemas. Quando ele guardou a chave novamente, anotei mentalmente e de forma automática o lugar, apesar de meus dentes já estarem batendo.Eu não tivera um pesadelo tão forte e realista em anos e esquecera como podia ser ruim.

Lucas se virou para me encarar. — Yulia. — O olhar dele estava sombrio quando ele estendeu a mão para mim. — O que aconteceu?

Deixei que ele me colocasse no colo para sentir o calor de seu corpo na minha pele gelada. Eu não conseguia parar de tremer, com a sombra do pesadelo ainda pairando sobre mim. — Eu... — Minha voz faltou. — Tive um pesadelo.

— Não. — Ele ergueu meu queixo com uma mão, forçando-me a encará-lo nos olhos. — Diga-me por que você teve esse sonho. O que aconteceu com você?

Fechei os lábios com força, lutando contra uma vontade ilógica de obedecer àquele comando baixo. Alguma coisa na forma como ele me segurava, quase como um pai confortando uma filha, me fez querer confiar nele, contar coisas que só contara à terapeuta da agência.

— O que aconteceu? — insistiu Lucas, com o tom mais suave. Senti uma saudade, um desejo pela conexão que imaginei antes entre nós. Exceto que talvez eu não tivesse imaginado. Talvez houvesse alguma coisa.

Eu queria tanto que houvesse alguma coisa.

— Yulia. — Curvando a palma da mão sobre meu maxilar, Lucas acariciou meu rosto com o polegar. — Conte-me. Por favor.

Aquelas duas últimas palavras me romperam ao virem de um homem tão duro e dominante. Não havia raiva na forma como ele me tocava, nenhum desejo violento. Era verdade que ele me machucara mais cedo, mas também me dera prazer e algo parecido com ternura logo depois. E, no momento, ele não estava exigindo respostas... estava pedindo.

Ele estava pedindo e eu não podia recusar.

Não enquanto me sentia tão perdida e sozinha.

— Está bem — sussurrei, olhando para o homem com quem sonhara nos dois meses anteriores. — O que você quer saber?

4

— QUE IDADE VOCÊ TINHA QUANDO ACONTECEU? — perguntei, movendo a mão para a nuca dela para massagear os músculos tensos. O corpo de Yulia tremia no meu colo e uma onda nova de raiva contorceu minhas entranhas.

Alguém a magoara, muito, e eu faria com que aquela pessoa pagasse.

— Quinze — respondeu ela. Percebi que sua voz estava tensa.

Quinze. Forcei-me a permanecer imóvel e não me entregar à violência vulcânica que fervia dentro de mim. Eu suspeitara que fosse algo assim. A voz dela ao gritar fora muito aguda, quase infantil, com palavras proferidas em russo ou ucraniano.

— Quem era ele? — Mantendo a voz neutra, continuei a massagem, que parecia reconfortá-la, diminuindo um pouco o tremor. A cor no rosto dela era igual à dos lençóis brancos e os olhos azuis eram escuros na luz fraca do abajur. Talvez ela tivesse vinte e dois anos, mas, naquele momento, parecia incrivelmente jovem.

Jovem e incrivelmente frágil.

— O nome dele... — Ela engoliu em seco. — O nome dele era Kirill. Ele era meu treinador.

Kirill. Fiz uma anotação mental do nome. Eu precisaria do sobrenome dele para mobilizar uma busca, mas, pelo menos, já tinha alguma coisa. Em seguida, dei-me conta da segunda parte do que ela dissera.

— Seu treinador?

Ela desviou o olhar. — Um deles. A especialidade dele era combate corpo a corpo.

Filho da puta. Uma garota de quinze anos... ora, até mesmo um homem adulto... não teria tido chance alguma.

— E as pessoas para quem você trabalhava permitiram isso? — A raiva transpareceu na minha voz e ela se encolheu quase imperceptivelmente. Sem querer assustá-la, respirei fundo, tentando recuperar o controle. Ela ainda estava com o rosto virado, com os olhos fixos em algum ponto à minha esquerda, portanto, deslizei a mão pelos cabelos dela e gentilmente segurei seu crânio, atraindo sua atenção de volta para mim.

— Yulia, por favor. — Com esforço, nivelei a voz. — Eles sancionaram isso?

— Não. — Os lábios dela se curvaram com uma ironia amarga. — Aí é que está. Não sancionaram.

— Não estou entendendo.

Ela riu, um som puro cheio de dor. — Eles deveriam ter simplesmente sancionado isso. Assim, ele não teria ficado furioso daquele jeito.

Meu sangue estava quente e gelado ao mesmo tempo. — Conte-me.

— Ele começou a avançar para cima de mim quando eu fiz quinze anos, logo depois que tirei o aparelho dos dentes. — O olhar dela se afastou do meu novamente. — Veja bem, eu era uma criança feia, alta, magra e esquisita. Mas, quando cresci, minha aparência melhorou. Os garotos começaram a gostar de mim e os homens também começaram a me notar. Aconteceu praticamente da noite para o dia.

— E ele era um dos homens.

Ela assentiu, voltando a atenção para mim. — Sim, ele foi um dos homens. Não foi nada demais no começo. Ele me segurava um pouco mais em um colchão ou fazia com que eu praticasse um movimento algumas vezes a mais para que pudesse me tocar. Eu nem percebi que ele estava interessado até que... — Ela parou abruptamente e um tremor percorreu sua pele.

— Até que...? — perguntei, tentando me manter calmo o suficiente para ouvir.

— Não até que ele me encurralasse no vestiário. — Ela engoliu em seco novamente. — Ele me pegou depois de um banho e tocou em mim. Em tudo.

Filho da puta escroto do caralho. Eu queria tanto matar aquele homem que consegui sentir o gosto.

— E o que aconteceu? — Forcei-me a falar. Já tinha percebido que não era o fim da história.

— Eu o denunciei. — Um tremor percorreu o corpo magro de Yulia. — Fui até o diretor do programa e contei a ele sobre Kirill.

— E?

— E ele foi demitido. Disseram a ele que fosse embora e nunca mais chegasse perto de mim.

— Mas ele não fez isso.

— Não — concordou ela. — Ele não fez isso.

Respirei fundo e preparei-me. — O que ele fez com você?

— Ele foi ao alojamento onde eu morava e estuprou-me. — A voz dela estava neutra e seu olhar se afastou de mim novamente. — Ele disse que estava me punindo pelo que eu fizera.

As palavras me deixaram sem fôlego. Não deixei de perceber o paralelo. Eu também planejara usar sexo como punição, saciando meu desejo no corpo dela e, ao mesmo tempo, mostrando como significava pouco para mim.

Na verdade, fora o que eu fizera mais cedo naquela noite, quando a possuíra de forma violenta, ignorando sua luta.

— Yulia... — Pela primeira vez em anos, senti o

golpe amargo do ódio por mim mesmo. Não era surpresa ela ter entrado em pânico quando a prendi no chão do corredor. — Yulia, eu...

— Os médicos disseram que eu tive sorte de ser encontrada pelos outros alunos — continuou ela, como se eu não tivesse falado. — Caso contrário, teria sangrado até a morte.

— Sangrado até a morte? — Uma onda de raiva apertou minha garganta. — O filho da puta machucou você tanto assim?

— Eu estava com uma hemorragia — explicou ela, com o rosto estranhamente calmo ao encontrar novamente meu olhar. — Foi minha primeira vez e ele foi violento. Muito violento.

A morte do filho da puta seria lenta. Muito lenta. Imaginei-me usando algumas das técnicas de Peter Sokolov no treinador e a fantasia me deixou controlado o suficiente para que eu conseguisse perguntar: — Qual é o sobrenome dele?

Yulia pestanejou e vi que parte de sua calma forçada desapareceu. — Não importa o nome dele.

— Importa para mim. — Segurei os ombros dela, sentindo a delicadeza dos ossos. — Vamos, querida. Só me diga o nome dele.

Ela balançou a cabeça. — Não importa — repetiu ela. Seu olhar ficou mais duro ao acrescentar: — *Ele* não importa. Ele está morto há seis anos.

Merda. Já era a fantasia.

— Você o matou? — perguntei.

— Não. — O olhar dela brilhou como fragmentos

de vidro. — Eu queria ter matado. Eu queria, mas o diretor de nosso programa mandou um assassino atrás dele.

— Então eles a privaram da vingança. — Eu sabia que a maioria das pessoas ficaria feliz por uma jovem garota não ter tido a chance de cometer assassinato, mas eu nunca acreditara em dar a outra face. Havia uma certa satisfação na vingança, uma sensação de encerramento. Ela não desfazia o passado, mas podia ajudar a pessoa a se sentir melhor sobre ele.

Eu sabia, pois tinha ajudado a *mim*.

Yulia não respondeu e percebi que eu tinha tocado em um ponto sensível. Ela se ressentia deles por isso, dessa agência sobre a qual se recusava a falar... daquele "diretor do programa" que deveria tê-la protegido contra o treinador.

Ela os entregaria seu eu perguntasse sobre eles agora? Ela estava sensível e vulnerável depois de reviver o passado doloroso. Eu seria um grande idiota se tirasse vantagem disso. Exceto que, se perguntasse, poderia ter a informação de que eu precisava e não teria que machucá-la.

Eu a manteria segura e nunca mais ninguém a machucaria.

No dia anterior, eu teria deixado essa ideia de lado, dispensando-a como uma fraqueza, mas não mais. Eu estivera mentindo para mim mesmo durante todas aquelas semanas e chegara a hora de admitir. Eu não conseguiria torturá-la. Quando tentei me imaginar usando uma faca nela da forma como fizera com aquele invasor, minhas entranhas se contraíram. Mesmo antes do pesadelo dela, não consegui me forçar a tratar Yulia como trataria um verdadeiro prisioneiro. E, agora que eu sabia o quanto ela já sofrera, a ideia de causar ainda mais dor nela me deixou fisicamente enjoado.

Tomando uma decisão, eu disse baixinho: — Conte-me sobre o programa. — Era minha melhor chance de conseguir as informações necessárias e eu precisava usá-la, mesmo que isso significasse explorar a vulnerabilidade de Yulia. Ainda mantendo o olhar dela, movi uma das mãos para seu pescoço e acariciei-o gentilmente. — Quem são as pessoas que a recrutaram?

Ela ficou imóvel no meu colo e vi um toque de cor contorcer suas feições antes de se transformarem em uma bela máscara. — O programa? — A voz dela soou fria e distante. — Não sei de nada sobre isso.

E, empurrando-me, ela saltou da cama e correu para fora do quarto.

CORRI PELO CORREDOR, COM OS PÉS DESCALÇOS silenciosos sobre o carpete. A traição era uma gosma amarga cobrindo minha língua.

Tola. Idiota. Dura. Debilka. Eu me castiguei em dois idiomas, incapaz de encontrar palavras suficientes para cobrir minha idiotice. Como eu pudera confiar em Lucas por um segundo que fosse? Eu sabia o que ele queria de mim, mas ainda assim cedera àquela vontade imbecil, às fantasias que deveriam ter morrido no momento em que percebi que Lucas estava vivo.

O homem com quem eu sonhara na prisão nunca passara de coisa da minha imaginação.

A técnica de interrogatório que ele usava comigo

fora muito básica. Passo um: aproxime-se da inimiga e entenda o que a abala. Passo dois: ofereça um ouvido reconfortante e finja que se importa. Era o truque mais antigo e eu caíra nele.

Eu estivera tão carente de calor humano que deixara o inimigo ver minha alma.

— Yulia! — Ouvi Lucas correndo atrás de mim, mas eu já estava em frente ao banheiro. Entrando depressa, fechei e tranquei a porta, encostando-me nela na esperança de impedi-lo de derrubá-la pelo menos por alguns momentos.

— Yulia! — Ele bateu com o punho na porta e senti-a estremecer, ecoando os tremores do meu corpo. Senti frio novamente, com o gelo do pesadelo retornando. Por que eu contara a Lucas sobre Kirill? Nunca confiara em ninguém, exceto a terapeuta da agência, com a história completa. Obenko sabia, obviamente, fora ele que comandara o ataque a Kirill, mas nunca tínhamos conversado sobre o assunto.

Fora das sessões de terapia obrigatórias, eu nunca tocara no assunto com ninguém até Lucas.

— Yulia, abra a porta. — Ele parou de bater, com a voz tornando-se calma e reconfortante. — Saia para conversarmos.

Conversar? Eu queria rir, mas tinha receio de que saísse como um soluço. Quando eu fora recrutada, a terapeuta da agência expressara preocupação de que eu não seria desapegada o suficiente para o trabalho, que perder a família com tão pouca idade me deixaria suscetível a manipulações emocionais. Foi uma fraqueza que eu trabalhara muito para superar, mas que, pelo jeito, não fora o suficiente.

Um toque gentil, uma demonstração de raiva por minha causa, e eu me derretera nas mãos de Lucas Kent.

— Yulia, não há nada aí para você. Saia, querida. Não vou fazer nada com você, prometo.

Querida? Uma onda de raiva me invadiu, afastando parte do frio. O quanto ele achava que eu era idiota?

Recuando ligeiramente, virei-me e destranquei a porta. Lucas tinha razão, não havia nada naquele banheiro para mim exceto autorrecriminações e amargura. Eu não podia mudar o que acontecera. Não podia apagar o fato de que confiara em um homem que desejava nada além de vingança.

Entretanto, o que eu podia fazer era virar o jogo.

Quando a porta se abriu, olhei para Lucas e deixei finalmente caírem as lágrimas que me queimavam os olhos.

ELA ESTAVA PARADA NA PORTA, PARECENDO TÃO LINDA E vulnerável que senti o coração apertado. Os olhos dela brilhavam com lágrimas e, quando estendi a mão, ela envolveu o corpo nu com os braços em um gesto defensivo.

— Não, venha cá, querida. — Abri os braços dela e puxei-a para mim, conferindo rapidamente suas mãos com os olhos para garantir que não escondia nenhuma arma. Não importava o quanto Yulia parecesse frágil, eu não podia me esquecer de que era uma agente treinada que já tentara me matar.

Para meu alívio, ela não estava armada. Passei os braços em volta dela, pressionando-a contra o peito. —

Lamento — sussurrei, acariciando seus cabelos. — Lamento muito.

A sensação da pele nua dela contra a minha fez com que meu corpo sentisse excitação novamente e tive que me concentrar para ignorar a sensação de seus mamilos contra meu peito. Eu não queria ser distraído pelo desejo, não depois do que acabara de descobrir.

Eu sabia que estava sendo irracional. Não deveria importar o fato de ela ter sido abusada. Alguns dos indivíduos mais perversos que eu conhecia tinham um passado duro e nunca me sentira inclinado a lhes dar uma folga. Se fizessem algo de errado, pagariam. Ninguém tinha passe livre comigo, mas era exatamente o que eu pretendia dar a ela.

Minha reviravolta foi tão súbita que tive vontade de rir de mim mesmo. Ela estava lá havia menos de vinte e quatro horas e meus planos já tinham sido jogados no lixo. Imaginei que deveria ter esperado aquilo, considerando que não conseguira tirar Yulia da cabeça nos dois meses anteriores, mas a intensidade da minha necessidade e os sentimentos inconvenientes que a acompanhavam ainda me deixavam atônito.

Ela matou dezenas de nossos homens e quase me matou.

O pensamento que sempre me deixava enfurecido agora causava apenas ecos da antiga fúria. Ela fizera seu trabalho, realizando a missão que lhe fora confiada. Eu sempre soubera que não fora algo pessoal, mas isso não importara antes. Olho por olho, era a forma como Esguerra e eu sempre operávamos. Se alguém nos sacaneasse, teria que pagar.

Exceto que eu não queria mais que Yulia pagasse. Ela passara por muita coisa, primeiro na prisão russa, depois nas minhas mãos. Em vez de concentrar minha vingança nela, eu a concentraria em quem era realmente responsável: a agência que lhe dera aquela missão.

— Vamos voltar para a cama — disse eu, olhando para Yulia. Ela parara de tremer, mas o rosto ainda estava molhado de lágrimas. — É cedo.

Ela balançou a cabeça negativamente. — Não, não vou conseguir dormir. Desculpe, mas simplesmente não vou conseguir.

— Está bem. — O sol começava a nascer e não me importei. — Quer comer alguma coisa?

Ela se afastou dos meus braços e deu um passo atrás. — Outro sanduíche? — A voz dela ainda estava trêmula, mas havia também um toque pequeno de diversão.

— Tenho sopa — respondi, tentando manter os olhos afastados do corpo magro nu.

Ela piscou algumas vezes. — Que tipo de sopa?

— Não sei dizer. Esqueci de olhar na panela antes de guardá-la na geladeira. É alguma coisa da casa de Esguerra. A criada dele me deu na noite passada.

Um sorriso leve e surpreso curvou os lábios de Yulia. — É mesmo? Eles também lhe dão restos da mesa deles para comer?

— Não. — Ri da indireta não tão sutil dela. — Mas eu gostaria que sim. A criada de Esguerra é incrível na cozinha e eu não sei cozinhar nada.

Yulia arqueou as sobrancelhas delicadas. — Sério? Eu sei.

— Ah, é? — Percebi que eu estava gostando da conversa inesperada. — Eles ensinaram você a cozinhar na escola de espionagem?

— Não, eu aprendi sozinha algumas receitas básicas quando cheguei a Moscou. Eu vivia de uma bolsa estudantil e não tinha muito dinheiro para comer fora. Mais tarde, descobri que gostava de cozinhar e comecei a experimentar com receitas mais avançadas.

A lembrança da natureza fodida do trabalho dela acabou com meu bom humor. — Você não recebia salário?

— O quê? — Ela pareceu abalada. — Não, é claro que recebia. Ele era depositado na minha conta bancária na Ucrânia. Eu só não podia usar aqueles fundos, tinha que viver como estudante, caso contrário, não teria sido aprovada nas investigações do Kremlin.

Obviamente. A vida clandestina na sua melhor forma.

— Está bem — disse eu, forçando-me a falar em um tom mais leve. — Vamos experimentar a sopa por enquanto. Talvez você possa me mostrar suas habilidades culinárias mais tarde.

A SOPA QUE ROSA ME DERA ESTAVA DELICIOSA, CHEIA DE cogumelos, arroz, vagens e pedaços de carneiro. Enquanto comíamos, observei Yulia, imaginando o que diabos faria com ela agora. Eu a manteria nua e amarrada na minha casa para sempre?

Fiquei chocado ao perceber que a ideia tinha um certo apelo sombrio. Pela primeira vez, entendi por que Esguerra mantivera a esposa, Nora, na ilha particular pelos primeiros quinze meses do relacionamento deles. Era o mais seguro e isolado possível, um local perfeito para uma mulher que não necessariamente queria estar lá.

Se eu tivesse uma ilha, manteria Yulia lá, sem nada além dos longos cabelos loiros para cobri-la.

A colher dela bateu contra o prato de cerâmica, pois eu não tinha pratos de papel para sopa, e fiquei tenso. Meu olhar saltou para a mão dela. No entanto, ela só estava comendo, com a atenção parecendo concentrada na comida.

Apesar da atitude calma dela, não relaxei. Ela tentaria alguma coisa, eu tinha certeza. Talvez tivesse decidido não fazê-la pagar, mas isso não significava que eu confiava em Yulia nem esperava que confiasse em mim. Mesmo se eu lhe dissesse que não pretendia mais puni-la, ela não acreditaria. Se tivesse a oportunidade, ela escaparia em um piscar de olhos e o fato de estar tão dócil me deixou preocupado. Ainda bem que eu tomara a precaução de guardar todas as armas da casa no porta-malas do carro. Seria arriscado demais ter armas por perto enquanto eu a deixasse desamarrada.

Nua e desamarrada.

Tentei não me distrair com a visão dos mamilos

aparecendo por entre os cabelos dela, mas foi impossível. Sob a mesa, meu pênis parecia feito de pedra. Eu me dera ao trabalho de vestir uma bermuda e uma camiseta antes de levar Yulia para a cozinha, mas não lhe dei roupas. Comecei a achar que mantê-la nua daquele jeito não era uma ideia tão boa.

Como se percebesse meus pensamentos, Yulia prendeu os cabelos atrás da orelha, fazendo com que os seios ficassem praticamente cobertos. Soltei um suspiro de alívio e recomecei a comer enquanto minha excitação lentamente diminuía.

— Sabe, você nunca me contou o que aconteceu naquele dia com o seu avião — disse ela enquanto comia. Vi que seus olhos azuis estavam fixos no meu rosto, estudando-me. Novamente, lembrei-me de que estava de frente para uma profissional habilidosa. Ela podia ter parecido frágil depois do pesadelo, mas isso não significava que não tivesse uma reserva profunda de força.

Ela deveria ter aquela reserva, se não nunca teria conseguido fazer seu trabalho depois daquele ataque brutal.

— Você quer dizer depois que dispararam aquele míssil em nós? — Empurrei o prato vazio de lado. O fato de ela conseguir falar tão calmamente sobre a queda do avião fez com que parte da minha raiva voltasse e fiz o possível para manter minha voz neutra.

A mão de Yulia apertou a colher com mais fora, mas ela não recuou. — Sim. Como você sobreviveu?

Respirei fundo. Por mais que odiasse falar no

assunto, eu queria que ela soubesse o que acontecera.
— Nosso avião estava equipado com uma proteção contra mísseis e não fomos atingidos diretamente — respondi. — O míssil explodiu perto do avião, mas o raio da explosão foi tão grande que danificou nossos motores e fez com que a parte de trás do avião pegasse fogo. — Pelo menos, era a teoria que nossos engenheiros tinham apresentado com base nos restos do avião. — Caímos, mas consegui levar o avião para um amontoado de árvores finas e arbustos, que amorteceram um pouco a queda. — Pausei, tentando manter a fúria sob controle. Ainda assim, minha voz saiu dura quando falei: — A maioria dos homens na parte de trás não sobreviveu e os três que não morreram ainda estão no hospital com queimaduras de terceiro grau.

O rosto dela ficou pálido enquanto eu falava. — Então, seu chefe estava na frente com você? — perguntou ela, largando a colher. — Foi assim que vocês dois sobreviveram?

— Sim. — Respirei fundo novamente para combater as lembranças. — Esguerra foi para a cabine falar comigo pouco antes de tudo acontecer.

A testa de Yulia se franziu com tensão. — Lucas, eu... — começou ela, mas levantei a mão.

— Não. — Minha voz saiu ríspida. Se ela começasse a mentir, talvez eu não conseguisse me controlar.

Ela ficou imóvel e abaixou o olhar para mesa, instantaneamente ficando em silêncio. Consegui sentir o medo dela e forcei-me a respirar fundo mais uma vez, abrindo as mãos... que tinham se fechado em punhos inconscientemente sobre a mesa.

Quando tive certeza de que não explodiria, continuei: — Então sim, estávamos os dois na frente e sobrevivemos — disse eu em tom mais calmo. — Mas Esguerra quase morreu depois disso. A Al-Quadar descobriu que ele estava em um hospital em Tashkent, não muito longe de sua base, e foram atrás dele.

Yulia ergueu a cabeça subitamente com os olhos arregalados. — Os terroristas pegaram seu chefe?

— Só por alguns dias. Nós o recuperamos antes que causassem muitos danos. — Não entrei nos detalhes da operação de resgate nem de como a esposa de Esguerra arriscara a vida para salvá-lo. — O olho dele foi a maior perda.

— Ele perdeu um olho? — Ela pareceu atônita e sua reação despertou um antigo sentimento de ciúmes em mim.

— Sim. — A palavra saiu em tom ríspido. — Mas não se preocupe, ele botou um implante e continua tão bonito como sempre.

Ela ficou em silêncio novamente, abaixando o olhar para o prato, que ainda estava pela metade. Eu disse em tom rabugento: — Coma, sua sopa está esfriando.

Yulia obedeceu, pegando a colher. No entanto, depois de algumas colheradas, ela olhou novamente para mim.

— Ele deve me odiar muito — disse ela em tom suave. — Quero dizer, o seu chefe.

Dei de ombros. — Não tanto quanto ele odeia a Al-

Quadar. Ou talvez eu deva dizer, *odiava* a Al-Quadar.

Ela pestanejou. — Eles acabaram?

— Nós acabamos com eles — disse eu, observando a reação dela. — Portanto, sim, eles se foram.

Ela se encolheu de forma tão sutil que eu não teria notado se não a estivesse encarando. — A organização inteira? Todas as células? — Ela soou incrédula. — Como isso é possível? Não havia governos do mundo inteiro caçando-os durante anos?

— Sim, mas governos são sempre... restritos. — Abri um sorriso sombrio. — Quando se tenta ser melhor do que o que se caça, é difícil fazer o que é necessário. Eles têm as mãos atadas por leis e orçamentos, pela opinião pública e pela democracia. Os eleitores não querem ver histórias nos noticiários sobre crianças mortas em ataques de drones nem sobre famílias de terroristas sofrendo abuso durante interrogatórios. Não precisa muito para que todos se armem. Eles são moles demais para essa luta.

— Mas você e Esguerra não. — Yulia largou a colher com a mão instável. — Vocês estão dispostos a fazer o que é necessário.

— Sim, estamos. — Vi pelo olhar dela que me julgava e isso me divertiu. Minha espiã ainda era inocente em alguns aspectos. — A base da Al-Quadar no Tajiquistão era uma das células grandes remanescentes e, dali em diante, foi apenas uma questão de encontrar os poucos que ainda estavam espalhados pelo mundo. Não foi difícil quando dedicamos todos os nossos recursos.

Ela me encarou. — Entendi.

— Coma sua sopa — relembrei novamente, vendo que ela parara de comer.

Yulia pegou a colher e levantei-me para servir outro prato para mim mesmo. Quando voltei para a mesa, vi que ela quase terminara de comer.

— Quer mais? — perguntei. Ela balançou a cabeça negativamente, o que mostrou de relance novamente os mamilos.

— Estou satisfeita, obrigada.

— Está bem. — Forcei-me a começar a comer em vez de olhar para os seios de Yulia. Quando ergui o olhar de novo, ela erguera os joelhos e tinha os braços firmemente em volta deles. Fiquei imaginando se ela vira o desejo no meu rosto e se acabara lembrando-se do pesadelo.

Pensar naquilo, no que acontecera com ela aos quinze anos, me deixou novamente enfurecido. Eu queria desenterrar o cadáver de Kirill e picá-lo em pedacinhos. Eu sabia que era muito irônico que estivesse furioso com um estupro quando fizera coisas que a maioria das pessoas consideraria muito pior, mas não havia como ser racional.

Eu não conseguia ser racional em relação a *ela*.

— Então, Lucas, o que o fez decidir trabalhar aqui? — perguntou Yulia, afastando-me dos meus pensamentos. Percebi que ela tentava me sondar, entender-me melhor para que pudesse me manipular. Eu poderia me desviar da pergunta, mas ela fora aberta comigo mais cedo e achei que lhe devia algumas respostas.

Um pouco de sinceridade não faria mal.

— Esguerra paga bem e é justo com o pessoal dele — respondi, reclinando-me na cadeira. — O que mais alguém pode querer?

— Justo? — Yulia franziu a testa. — Não é a reputação que seu chefe tem. "Implacável" é como a maioria das pessoas o descreveria, acho.

Eu ri, sentindo-me inexplicavelmente divertido com aquilo. — Sim, ele é mesmo um cretino implacável. No entanto, ele geralmente mantém sua palavra, o que o faz ser justo pelos meus critérios.

— É por isso que você é leal a ele? Porque ele mantém a palavra?

— Dentre outros motivos. — Eu também apreciava a lealdade de Esguerra com os seus. Ele cuidara de pessoas na propriedade depois da morte dos pais e eu admirava aquilo. Mas só o que disse foi: — Um salário de sete dígitos certamente ajuda.

Yulia me estudou e fiquei imaginando o que via. Um mercenário sem moral? Um monstro? Um homem como Kirill? Por algum motivo, aquela última comparação me incomodou. Eu podia não ser muito melhor do que ele, mas não queria que ela me visse assim.

Eu não queria aparecer nos pesadelos dela.

— E quando foi que você conheceu Esguerra? — perguntou ela, ainda no modo de obtenção de informações. — Como acabou trabalhando para ele?

— Eles não lhe contaram isso? — Imaginei que deveriam ter dado a ela informações extensas sobre o meu chefe, pois ele era a missão original dela. E possivelmente sobre mim, já que eu o acompanhava.

— Não — respondeu Yulia. — Isso não estava nos arquivos de nenhum dos dois.

Então ela realmente estudara sobre nós. — O que havia no meu arquivo? — perguntei curioso.

— Só o básico. Sua idade, que colégio frequentou, esse tipo de coisa. — Ela fez uma pausa. — Sua dispensa da marinha.

Obviamente. Eu não deveria estar surpreso por ela saber aquilo. — Mais alguma coisa?

— Na verdade, não. — Yulia fez outra pausa e disse baixinho: — Nem dizia nada sobre você ser casado ou comprometido de alguma forma.

Um calor peculiar invadiu meu peito. Empurrando o prato vazio de lado, inclinei-me para a frente para apoiar os braços na mesa. — Não sou — disse eu, respondendo à pergunta que ela não fizera. — Na verdade, não estive com ninguém além de você desde Moscou.

Yulia me olhou de forma indecifrável. — Não?

— Não. — Não me dei ao trabalho de explicar que estivera obcecado demais por ela para pensar em outra mulher.

Levantando-me, levei os pratos para a pia e virei-me para encará-la. — Vamos, linda, o café da manhã acabou.

ulia

Enquanto Lucas me conduzia para a sala de estar, refleti sobre o que acabara de descobrir. O que Lucas me contara sobre a Al-Quadar correspondia exatamente às informações no arquivo de Esguerra. O chefe de Lucas era implacável com seus inimigos e eu era um deles.

Eu certamente já deveria ter sido morta de alguma forma sangrenta, mas estava viva, alimentada e ilesa. Agora que conseguia pensar mais claramente, percebi que a decisão de Lucas de me manipular emocionalmente, em vez de me torturar fisicamente, era uma sorte inacreditável. Meus sentimentos podiam estar feridos, mas meu corpo estava inteiro, exceto por uma ligeira dor interna. Eu não tinha dúvidas de que ele estava brincando comigo, mas era possível que pelo menos parte do jogo dele fosse real.

Era possível que o desejo dele por mim fosse temporariamente mais forte do que o ódio.

Testei aquela teoria quando saí do banheiro, primeiro mostrando vulnerabilidade e depois sendo sutilmente amigável. Quando meu carrasco pareceu responder bem, toquei no assunto da queda do avião, um tópico que o provocara antes. O fato de ele não me atacar, de ter realmente conversado comigo e contado parte de sua história, era muito encorajador.

Significava que parte da empatia que ele demonstrara mais cedo poderia ser genuína.

Sentindo-me esperançosa, olhei para Lucas que andava ao meu lado. Ele tinha um rolo de corda da mão e, ao pararmos em frente à cadeira onde me amarrara antes, fiz o possível para mostrar uma expressão vulnerável.

— Você realmente precisa que eu fique nua? — perguntei, deixando os olhos brilharem com lágrimas. Era fácil provocá-las. Minhas emoções ainda mudavam rapidamente de dor para raiva para saudade intensa do conforto. — Fica frio quando o ar-condicionado está ligado.

Ele hesitou e lancei um olhar desesperado e implorante. Era fingimento só em parte. As roupas eram uma coisa pequena, mas estar vestida me faria sentir mais humana. Mas, mais importante que isso, Lucas atender àquele pedido significaria que minha estratégia de manipular as emoções dele estava funcionando.

— Está bem — disse ele, cedendo como eu esperara. — Venha comigo. — Deixando a corda sobre a cadeira, ele pegou meu braço e levou-me até o quarto.

— Tome — disse ele, entregando-me uma camiseta. — Você pode vestir isto por enquanto.

Tentando esconder meu alívio, aceitei a camiseta e puxei-a sobre a cabeça, notando o calor nos olhos de Lucas ao me observar. Era uma camiseta masculina, uma camiseta *dele*, e era comprida o suficiente para me cobrir até a metade das coxas.

— Muito bem, vamos — disse ele quando me vesti, levando-me de volta para a cadeira. Ao me amarrar, olhei para as mãos grandes e bronzeadas dele enrolando a corda em volta dos meus tornozelos e imaginei se ele sentia a mesma eletricidade que eu. Era um absurdo eu ainda o querer, mas isso também poderia me ajudar a escapar.

Talvez isso ajudasse a propagar essa dinâmica nova, mais amigável, entre nós.

Quando ele terminou de me amarrar, Lucas se levantou e disse: — Tenho algumas coisas para fazer. Voltarei em algumas horas.

— Sim, claro — disse eu, mantendo o rosto neutro.

Com um último olhar para mim, Lucas foi embora e deixei um sorriso aliviado invadir meu rosto.

Depois de algum tempo, a sensação desapareceu, substituída por uma combinação de tédio e desconforto. A cadeira era dura e as cordas se enterravam na pele sempre que eu tentava mudar de posição. Os minutos começaram a se estender, passando lenta e monotonamente. Fiquei olhando para a janela, esperando que a garota misteriosa voltasse, mas ela não voltou. Só vi um ou outro lagarto correndo pelo vidro.

Suspirando, olhei para baixo e ponderei sobre o outro aspecto que me dera esperança. Se Lucas não tivesse mentido, minha visitante de cabelos escuros não era namorada dele.

Ele não tinha uma namorada.

Saber disso foi como um bálsamo para meus sentimentos feridos. Eu não sabia por que importava se Lucas era solteiro, casado ou saía com uma dezena de mulheres, mas o fato de ele não estar traindo aquela garota me fez sentir melhor sobre a noite anterior. Eu não estava prejudicando outra mulher. O que estava acontecendo entre Lucas e eu era apenas entre nós dois. Ninguém mais se magoaria.

Obviamente, eu tinha que admitir a possibilidade de que ele mentira, que era tudo parte de sua técnica de interrogatório, mas estava inclinada a acreditar nele. Não havia sinais da presença de uma mulher na casa dele. Não havia decorações, porta-retratos, secadores de cabelo nem outros produtos femininos no banheiro.

Aquele lugar era a casa de um solteiro, incluindo a geladeira quase vazia. Se eu não estivesse tão aterrorizada e exausta no dia anterior, teria notado esse fato óbvio.

Bocejando, olhei novamente pela janela. Outro lagarto passou correndo. Observei-o e fiquei imaginando como seria lá fora, na selva, além daquelas paredes. Meu corpo inteiro queria estar lá fora, sentir o calor do sol na pele e ouvir o canto dos pássaros. A visão breve que eu tivera no dia anterior não fora suficiente.

Eu queria estar do lado de fora.

Eu queria ser livre.

Logo, prometi a mim mesma, mudando de posição na cadeira dura. Eu agora entendia o jogo que Lucas jogava e podia acompanhar. Eu seria seu brinquedo sexual enquanto ele sentisse desejo por mim e pareceria fraca e aberta. Contaria tudo a ele, exceto as informações que queria, e deixaria que pensasse que estava tirando segredos de mim, que seu interrogatório gentil funcionava. Assim, ele não recorreria a métodos mais duros por enquanto e eu usaria esse tempo para formular um plano real de fuga, algo mais promissor do que um ataque desesperado com uma escova de dentes quebrada.

Eu também trabalharia para criar uma ligação com Lucas.

Síndrome de Lima. Era assim que chamavam o fenômeno psicológico em que o sequestrador simpatizava tanto com a vítima que a libertava. Eu estudara o assunto durante o treinamento, pois havia uma grande probabilidade de que um dia fosse capturada. A Síndrome de Lima não era tão comum quanto o seu inverso, a Síndrome de Estocolmo, em que a vítima se apaixonava pelo sequestrador, mas acontecia. Eu não era tola o suficiente de achar que conseguiria fazer com que Lucas me libertasse, mas era possível que conseguisse fazer com que ele baixasse a guarda e fizesse coisas pequenas que tornariam minha fuga mais fácil.

Como me deixar usar roupas.

Bocejando novamente, observei mais um lagarto correr pelo vidro e imaginei que eu era pequena e verde. Pequena o suficiente para sair das cordas e deslizar pelas ventilações. Se eu conseguisse fazer isso, seria a melhor espiã do mundo.

Era uma ideia boba, mas ela me reconfortou, afastando minha mente do que me aguardaria se meu plano fracassasse. Minhas pálpebras ficaram pesadas e não resisti. Ao cochilar, sonhei com pequenos lagartos verdes e meu irmão mais novo, que ria e perseguia os animais em um parque.

Foi o sonho mais alegre que tive em anos.

— YULIA.

Acordei instantaneamente, com o coração dando um salto, e olhei para cima.

Lucas voltara... e não estava sozinho. Além do meu carrasco, havia um homem baixo e careca parado à minha frente, com os olhos castanhos observando-me com uma curiosidade distante. As roupas dele eram casuais, mas a maleta em suas mãos parecia ser um kit médico.

Senti um frio no estômago. Eu estava errada sobre Lucas esperar para usar métodos mais duros.

Antes que eu pudesse entrar em pânico, o homem sorriu para mim. — Olá — disse ele. — Sou o dr. Goldberg. Se não se importa, eu gostaria de examiná-la.

Examinar-me?

— Para garantir que não esteja machucada — explicou o médico, sem dúvida lendo minha expressão confusa. — Se não se importar, é claro.

Muito bem. Respirei fundo e senti o medo diminuir. — Claro, vá em frente. — Eu estava amarrada a uma cadeira, vestindo apenas uma camiseta de Lucas, e o homem perguntava se me importaria com um exame médico? O que ele teria feito se eu dissesse que me importava? Pediria desculpas pela intrusão e iria embora?

Parecendo não notar o sarcasmo na minha voz, o médico se virou para Lucas e disse: — Eu gostaria que a paciente fosse desamarrada, se possível.

Lucas franziu a testa, mas ajoelhou-se à minha frente e começou a retirar a corda em volta dos meus tornozelos. Olhando para o médico, ele disse: — Vou ficar aqui. Ela é criativa em se tratando de itens domésticos.

— Mas...

Com um olhar duro de Lucas, o médico ficou em

silêncio. Lucas terminou de desamarrar minhas pernas e deu a volta para soltar minhas mãos. Movi os pés de forma discreta, restaurando a circulação, e pensando no banheiro.

Eu não sabia quanto tempo ficara amarrada, mas minha bexiga estava convencida de que fora muito tempo.

— Preciso fazer xixi — disse eu a Lucas, imaginando que não teria nada a perder sendo sincera. — Posso ir ao banheiro antes do exame?

Lucas franziu a testa ainda mais, mas assentiu rapidamente. — Vamos — disse ele ao terminar com a corda. Segurando meu braço, ele me levantou com um toque tão duro quanto no momento da minha chegada. Assustada, quase tropecei quando ele me arrastou pelo corredor. A gentileza daquela manhã desaparecera.

Minha ansiedade voltou. Eu estava errada sobre ele ou alguma coisa acontecera? Aquele exame tinha algo a ver com isso?

Antes que eu pudesse analisar o comportamento alarmante do meu carrasco, ele me empurrou para dentro do banheiro e disse em tom ríspido: — Você tem um minuto e nem um segundo a mais.

Em seguida, ele bateu a porta do banheiro.

8

Lucas

Quando levei Yulia de volta para a sala de estar, Goldberg pediu que ela ficasse de pé enquanto sentia seu pulso e escutava sua respiração com um estetoscópio. — Bom, bom — murmurou ele baixinho, anotando algo no caderno.

Ele se abaixou para olhar um machucado grande no joelho dela e Yulia olhou para mim com expressão ansiosa. Percebi que ela queria respostas, mas eu não disse nada.

Eu não queria que o médico soubesse como eu suavizara em relação à minha prisioneira.

Depois de um minuto, Goldberg parou e abriu um

sorriso para Yulia. — Só alguns arranhões e machucados — disse ele em tom alegre. — Você está magra e um pouco malnutrida, mas umas boas refeições deverão resolver isso. Agora, eu gostaria de tirar um pouco do seu sangue, se não se importar. Por favor, sente-se.

Ele apontou para o sofá e Yulia olhou novamente para mim.

— Sente-se — disse eu rispidamente, fazendo o possível para ignorar o olhar magoado no rosto dela ao obedecer.

Goldberg colocou luvas de látex e pegou uma seringa com um frasco preso nela. — Não será muito ruim — prometeu ele. Imaginei se ele estava tentando compensar pelo meu comportamento ríspido. Ele não era normalmente tão gentil com os guardas... mas, por outro lado, nenhum tinha a beleza frágil de Yulia.

Ela não se encolheu nem emitiu som algum quando a agulha entrou em sua pele, mantendo uma expressão estoica. Eu, por outro lado, tive que lutar contra uma vontade irracional de afastar Goldberg dela.

Era odioso ver alguém machucando-a, mesmo sendo o médico que eu mesmo levara lá.

— Pronto — disse Goldberg, retirando a agulha e pressionando um curativo pequeno sobre o ferimento. — Vou levar o sangue para o meu laboratório para fazer a análise. Agora, uma última coisa... — Ele me lançou um olhar implorante e respondi com um movimento curto da cabeça.

Eu não o deixaria sozinho com Yulia. Ele teria que fazer o exame comigo presente.

Goldberg suspirou e voltou a atenção para ela. — Tenho que fazer um exame ginecológico — disse ele. — Para garantir que você esteja bem.

— O quê? — Yulia arregalou os olhos. — Por quê?

— Só aceite. — Deixei minha voz o mais dura possível. Eu não pretendia explicar que estava preocupado de tê-la machucado na noite anterior. Ela estivera molhada, mas isso não significava que não tivesse sido ferida internamente.

O rosto dela ficou vermelho ao se deitar no sofá, obedecendo às instruções de Goldberg. Quando o médico puxou a camiseta dela para cima e pegou um instrumento, forcei-me a ficar parado, em vez de dar uma surra no homem por tocar nela. Goldberg era homossexual, mas ver as mãos dele nela ainda despertou algo selvagem em mim... algo que me dava vontade de assassinar qualquer homem que encostasse no que era meu.

O exame demorou menos de um minuto. Observei Yulia cuidadosamente para garantir que não atacasse o médico, mas ela ficou imóvel, com os joelhos dobrados e os olhos fixos no teto. Somente as mãos traíram a agitação dela, fechando-se em punhos nos lados do corpo.

Quando Goldberg terminou, ele puxou cuidadosamente a camiseta de Yulia para baixo e afastou-se. — Pronto — disse ele, falando com nós dois.

— Tudo parece bem. O DIU está no lugar e você não tem nada com que se preocupar.

DIU? Franzi a testa para o médico, mas ele já estava explicando: — Um dispositivo contraceptivo intrauterino. Anticoncepcional.

— Entendo. — Olhei para Yulia de forma especulativa. Se ela estava protegida e o médico determinara que não tinha doenças, eu poderia fodê-la sem camisinha.

Meu pênis se contraiu com excitação instantânea.

Ela se sentou no sofá, olhando diretamente à frente, e vi que seu rosto ainda estava muito vermelho. Eu queria abraçá-la e garantir que tudo estava bem, que não fizera aquilo para humilhá-la, mas não era o momento certo.

No que dizia respeito ao médico, ela era uma prisioneira que eu desprezava e precisava tratá-la dessa forma.

Depois de agradecer a Goldberg, eu o despachei e voltei para a sala de estar, onde Yulia ainda estava sentada no sofá. O rosto dela voltara ao tom normal de porcelana, mas os olhos brilhavam muito. Ela estava chateada, percebi isso, apesar de a expressão ser muito calma.

— Yulia. — Quando me aproximei, ela virou o rosto, fazendo com que os cabelos ondulassem nas costas em uma nuvem dourada. — Yulia, venha cá.

Ela não respondeu, nem mesmo quando estendi a mão e puxei-a para cima, forçando-a a se levantar para me encarar. Ela continuou sem olhar para mim, com o olhar concentrado em alguma coisa logo acima da minha orelha direita.

Irritado, segurei o queixo dela, virando seu rosto até que não tivesse outra opção além de encontrar o meu olhar. — Eu precisava ter certeza de que você está bem — disse eu em tom ríspido. Ainda me incomodava um pouco o fato de me sentir daquele jeito sobre ela, de querer curá-la e mantê-la segura, em vez de machucá-la. Essa obsessão era uma fraqueza e eu não consegui evitar a raiva que surgiu na minha voz ao dizer: — Você podia ter ferimentos internos.

Ela estreitou os olhos. — Mentira. Você só queria ter certeza de que não precisa usar camisinha.

A acusação foi tão parecida com meu pensamento anterior que imaginei por um segundo se eu dissera aquilo em voz alta.

Algo transpareceu no meu rosto porque Yulia soltou uma risada curta e amarga. — Sim, exatamente.

— Não foi por isso... — Interrompi o que dizia. Eu não devia explicações a ela. Se eu queria que ela fosse examinada para que pudesse fodê-la sem camisinha, era prerrogativa minha. Eu podia não ter mais planos de torturá-la, mas isso não significava que me esquecera do que ela fizera. Pelas próprias ações, ela se colocara naquela situação e agora era minha.

Para o melhor ou para o pior, eu era dono dela.

— Estou limpo — disse eu. Um homem melhor sem

dúvida a teria deixado em paz depois do que ela dissera, mas eu não era aquele homem. Eu a queria demais para me privar. — Fiz todos os exames de sangue depois do acidente e estou totalmente seguro.

Ela enrijeceu o maxilar. — Parabéns.

O sarcasmo na voz dela me deixou tenso e excitado ao mesmo tempo. Tudo naquela garota era uma contradição projetada para me enlouquecer. Obediente, mas desafiadora. Frágil, mas forte. Em um minuto, eu queria dobrá-la, fazê-la reconhecer que precisava de mim. No minuto seguinte, queria envolvê-la em um casulo e garantir que nada ruim jamais a tocasse de novo.

A única coisa que eu não queria fazer era deixá-la ir embora.

— Lucas. — Ela soou ansiosa quando a puxei na minha direção. — Espere, eu...

Eu a interrompi colocando a boca sobre a dela. Segurando sua nuca com uma mão, passei o outro braço em volta de sua cintura, puxando seu corpo totalmente contra o meu. Senti os testículos enrijecerem quando meu pênis duro pressionou a barriga dela, com meu desejo sempre presente parecendo incontrolável. Passei a língua sobre os lábios dela, sentindo sua maciez, e enfiei-a em sua boca, invadindo as profundidades quentes deliciosas. Ela gemeu em resposta, com as mãos segurando os lados do meu corpo. Bebi o som baixo, sentindo o corpo esguio suavizar e derreter contra o meu.

Puta merda, como eu a queria. Cada centímetro

dela, da cabeça aos pés. Era errado, era pervertido, era inconveniente, mas eu não conseguia me conter. O desejo queimava dentro de mim, superando quaisquer escrúpulos que eu ainda tinha. Eu sabia que era um idiota em coagi-la depois do que passara, mas não conseguia me afastar. Talvez, se ela não me quisesse, fosse diferente, mas queria. Mesmo com duas camadas de roupa, senti os mamilos rígidos pressionando meu peito, senti a doçura da resposta dela quando sua língua duelou com a minha. Ela não me afastou, parecendo até tentar chegar mais perto, e o desejo insano me invadiu, deixando que o selvagem dentro de mim assumisse o controle.

Não notei como acabamos no sofá, mas vi-me apoiado no cotovelo sobre ela. A camiseta de Yulia foi erguida em volta da cintura à medida que eu deslizava a mão livre para baixo para encontrar o sexo dela. Ela já estava molhada, com as dobras quentes e escorregadias, quando a penetrei com dois dedos, estendendo-a para receber meu pênis. Ao mesmo tempo, esfreguei a palma da mão contra suas dobras, fazendo pressão sobre o clitóris. As paredes internas dela se contraíram em volta dos meus dedos quando ela gemeu meu nome, arqueando o pescoço e enterrando as unhas nas minhas costas. Eu não podia esperar mais.

Tirando os dedos dela, abri a calça para liberar a ereção dolorosa e penetrei o calor quente de Yulia.

Foi como entrar no paraíso. Em algum lugar da mente, um sinal de alerta soou, lembrando-me da camisinha, mas eu já fora longe demais para voltar. A sensação do corpo dela era pura perfeição, tão sedoso e apertado que não consegui me conter e investi o mais fundo possível. Ela gritou, arqueando o corpo sob mim, e abaixei a cabeça para beijá-la, capturando o som juntamente com o gosto e o cheiro dela, desfrutando do prazer de possuí-la, de tomá-la para mim.

Minha. Ela é minha. A satisfação que a ideia me deu foi profunda e primitiva, sem ter nada a ver com lógica e razão. Eu trepara com dezenas de mulheres sem nunca ter vontade de querer que fossem minhas, mas era precisamente o que queria com ela. Yulia era mais do que apenas sexo.

A questão era ligá-la a mim tão fortemente que ela nunca conseguiria ir embora.

Erguendo a cabeça, olhei para ela, com o pênis latejando dentro de seu corpo. Ela estava com os olhos fechados, os lábios semiabertos estavam inchados por causa dos beijos e a pele brilhava com uma cor quente.

Ela era a coisa mais *sexy* que eu já vira e era minha.

— Yulia.

Ela abriu os olhos e percebi que eu falara seu nome em voz alta. O olhar dela estava desfocado e as pupilas dilatadas ao olhar para mim. Ela parecia estonteada, com o mesmo desejo que incinerava minhas entranhas. A visão mudou meu desejo selvagem, enchendo-me com uma ternura peculiar.

Abaixando a cabeça, tomei a boca de Yulia novamente, engolindo o gemido faminto dela ao começar a me mover lentamente para que conseguisse sentir cada milímetro de seu calor apertado. Eu nunca fizera sexo sem camisinha e as sensações eram incríveis. A boceta dela era macia e sedosa, um invólucro delicado que parecia ter sido feito só para mim. As paredes internas dela se contraíram, envolvendo-me com uma umidade cremosa enquanto eu deslizava para dentro e para fora. Concentrei-me nas dicas suaves da respiração dela para medir sua resposta.

O desejo primitivo e possessivo que me invadira antes ainda estava lá, mas agora era controlado pela necessidade de dar prazer a ela, de fazer com que sentisse pelo menos uma fração do êxtase que me dava. Continuando a investir em ritmo lento e constante, movi a boca dos lábios dela para seu pescoço e mordi a pele sensível. Ao mesmo tempo, coloquei a mão sob a camiseta dela e apertei gentilmente seu seio.

— Lucas. Ai, meu Deus, Lucas... — Meu nome saiu como uma súplica sem fôlego quando mordi de leve o pescoço dela e apertei ligeiramente o mamilo entre os dedos. Ela estava cheia de desejo e passou as pernas esguias em volta dos meus quadris para que eu a penetrasse mais fundo. Senti seu corpo tenso como uma mola e aumentei o ritmo das investidas, percebendo que ela estava à beira do orgasmo.

Quando ela gozou, foi como um terremoto que reverberou pelo meu corpo. Ela ficou tensa, arqueou o corpo sob mim com um grito e seus músculos internos ondularam em volta do meu pênis. A pressão foi tão forte que também gozei. Os testículos se contraíram e o orgasmo me invadiu. O prazer foi sombrio e intenso, destruidor de uma forma primitiva.

Gemendo, investi mais fundo e segurei-a com força enquanto o sêmen jorrava nas profundidades quentes dela.

 ulia

COM A RESPIRAÇÃO PESADA, EU ESTAVA DEITADA SOB Lucas. Meu coração batia com força depois da devastação que era o sexo com meu carrasco.

Por que era sempre assim com ele, com aquele homem difícil e perigoso que me odiava? Eu não era inexperiente. Era verdade que eu sobrevivera ao pior do sexo, mas também conhecera suas variantes mais agradáveis. Minha segunda missão, Vladimir Vashkov, um informante da FSB de quarenta e poucos anos, tinha o orgulho de ser um excelente amante e apresentara-me aos orgasmos de verdade, ensinando-me sobre excitação e prazer. Achei que eu conseguiria lidar com qualquer coisa que um homem fizesse na cama, mas claramente estava errada.

Eu não conseguia lidar com Lucas Kent.

Talvez tivesse sido melhor se ele me possuísse novamente com violência. O desejo, latejante e punitivo, era o que eu esperava quando ele se aproximava. Fora o que ele me dera na primeira vez, beijando-me à força, usando a reação do meu corpo para acabar com minhas defesas. Eu estava preparada para aquilo depois da última vez, mas não para a gentileza dele.

Não esperava que ele me tratasse como se eu tivesse alguma importância.

— Yulia. — Ele ergueu a cabeça e olhou para mim. Meu rosto ficou quente quando nossos olhares se encontraram. Com a névoa do desejo dissipando-se, fiquei consciente de que ele ainda estava dentro de mim... e que eu o segurava lá, com as pernas apertando seus quadris com tanta força que Lucas não conseguia se mexer.

Sentindo o rosto ainda mais quente, abaixei as pernas. Também parei de segurá-lo nos lados do corpo e, em vez disso, afastei-o. Eu não podia jogar o jogo de Lucas naquele momento. Era real demais.

Ele se abaixou para beijar meus lábios de leve e cuidadosamente se afastou. Ao sair de dentro de mim, senti uma umidade quente e grudenta entre as pernas.

A semente dele.

No fim das contas, ele trepara comigo sem camisinha.

Uma amargura irracional me invadiu, espantando o que restara do brilho pós-coito.

— Você deveria ter esperado o resultado do exame de sangue — disse eu, puxando a camiseta para baixo enquanto Lucas se afastava de mim e levantava-se, saindo do sofá. Apertando as pernas, olhei para ele com expressão dura. — Tenho AIDS e sífilis, sabia?

— Agora tem? — Ele pareceu mais divertido do que preocupado ao fechar o zíper da calça. Os olhos dele brilharam ao olhar para mim. — Mais alguma coisa? Gonorreia, talvez?

— Não, só herpes e clamídia. — Sorri para ele docemente, apoiando-me no cotovelo. — Mas você descobrirá tudo isso em breve, quando chegar o resultado do exame. Agora, pode me arrumar uma toalha ou um lenço? Não quero manchar seu carpete bonito.

Para meu desapontamento, ele não mordeu a isca. Em vez disso, riu e foi para a cozinha, voltando um segundo depois com uma toalha de papel. — Aqui está — disse ele, entregando-a a mim. Em seguida, observou com interesse não disfarçado enquanto eu me sentava e limpava a umidade das coxas, fazendo o possível para manter a camiseta no lugar.

— Bom trabalho — disse ele quando terminei. — Agora, está com fome? Acho que está na hora de um segundo café da manhã.

Franzi a testa, um tanto frustrada por ele estar tão calmo. Eu não sabia por que queria provocá-lo, mas queria. Odiava o que ele fizera comigo. Aquele exame impessoal do médico fora humilhante, além de inventar aquela desculpa esfarrapada sobre possíveis ferimentos internos, como se eu não conseguisse perceber a verdadeira intenção.

Como se eu não soubesse que era a boneca sexual dele pelo tempo que ele quisesse brincar comigo.

— Não estou com fome — disse eu, mas percebi imediatamente que era mentira. Meu corpo estava desesperado por calorias depois de ter passado fome por tanto tempo. — Espere, não, na verdade...

Antes que eu terminasse a frase, ouvi um zumbido leve e vi Lucas colocando a mão no bolso. Ele tirou o telefone, olhou para ele e xingou baixinho.

— O que foi? — perguntei, mas ele já pegara meu braço e puxava-me para fora do sofá.

— Esguerra precisa de mim — disse ele, conduzindo-me pelo corredor. — Use o banheiro, se precisar. Depois, terei que amarrar você de novo. Comeremos quando eu voltar.

E, de forma súbita, ele se transformara novamente no meu carrasco insensível.

Lucas

JULIAN ESGUERRA JÁ ESTAVA NO ESCRITÓRIO DELE quando entrei. Os monitores de tela plana na parede exibiam noticiários do mundo inteiro. Um sobre Bloomberg chamou minha atenção, em que um economista de boa reputação previa outra quebra de mercado.

Talvez estivesse na hora de falar com meu gerente de investimentos.

Passei por uma mesa de conferência grande oval e aproximei-me da mesa de Esguerra, que tinha vários monitores de computador. Ele estava no telefone e gesticulou para que eu me sentasse em uma das poltronas de couro. Sentei-me e esperei que ele terminasse a conversa. Considerando a menção da segurança de fronteira de Israel, imaginei que ele estivesse conversando com o contato dele na agência de inteligência israelita, o Mossad.

Depois de um minuto, Esguerra desligou o telefone e voltou a atenção para mim. — Como está indo o interrogatório? — perguntou ele. — Algum progresso até agora?

— Um pouco — disse eu, dando de ombros. — Nada ainda que valha a pena mencionar. — Eu normalmente não guardava segredos do meu chefe, mas não queria discutir Yulia com ele até que achasse a melhor forma de abordar o assunto. De todos na propriedade, ele era o único com o poder de tirá-la de mim... o que significava que eu precisava ter cuidado.

A reputação implacável de Esguerra era bem merecida.

— Ótimo. — Ele pareceu satisfeito com minha resposta. — Agora, sobre o motivo para chamar você aqui...

— Um problema de segurança urgente, você disse.

— Sim. — Ele se recostou, entrelaçando as mãos atrás da cabeça. — Nora e eu vamos viajar para os Estados Unidos para visitar a família dela. Vou precisar que você garanta que nós e eles estejamos totalmente protegidos pela duração da viagem.

— Você vai visitar os pais de sua esposa? Em Oak Lawn? — Eu estava convencido de que não ouvira direito, mas ele assentiu.

— Ficaremos lá por duas semanas — disse ele. — E quero segurança máxima.

— Está bem —respondi. Eu tinha certeza de que Esguerra perdera o juízo, mas não era meu papel lhe dizer isso. Se ele queria entrar em um país em que era tecnicamente procurado pelo FBI e passar duas semanas com os pais de uma garota que sequestrara, com quem se casara e que engravidara, era problema dele.

Meu trabalho era garantir que ele pudesse fazer isso em segurança.

— Os novos recrutas já estão avançados no treinamento e poderemos levar alguns dos caras mais experientes conosco — disse eu, pensando em voz alta. — Duas dezenas provavelmente serão o suficiente.

— Parece bom. Além disso, quero veículos blindados para todos nós e um bom suprimento de munição.

Assenti, já pensando na logística. Alguns diriam que Esguerra estava sendo paranoico, pois carros à prova de balas não eram exatamente uma necessidade nos subúrbios de Chicago, mas eu não o culpei por ser cuidadoso. A Al-Quadar podia ter sido eliminada por enquanto, mas havia muitos outros que adorariam colocar as mãos nele e em sua esposa jovem e bonita.

— Tomarei as providências — disse eu, sentindo um aperto no peito ao perceber o que aquela viagem significava.

Por duas semanas inteiras, eu ficaria longe da minha prisioneira.

— Quanto tempo acha que precisará para preparar tudo? — perguntou Esguerra. — Nora terminará as provas em uma semana e meia.

— Imagino que duas semanas. — Duas semanas durante as quais eu ainda teria Yulia. — Encontrar os carros e todas as armas demorará algum tempo, especialmente se não quisermos alertar o FBI e a CIA.

— Bem pensado. Certamente não queremos isso. — Tirando as mãos de trás da cabeça, Esguerra se inclinou para a frente. — Muito bem. Duas semanas parece bom. Obrigado.

Inclinei a cabeça e levantei-me para que pudesse começar a dar alguns telefonemas, mas, antes que pudesse sair, Esguerra disse: — Lucas, há mais uma coisa.

Parei, pois o tom incomum na voz dele chamou minha atenção. — O que é?

— Não sei se você sabe disso, mas minha esposa e a amiga dela viram Yulia Tzakova em sua casa ontem pela manhã. Nora comentou comigo hoje.

— O quê? — Era a última coisa que eu esperava ouvir dele. — Por que Nora e a amiga dela... espere, que amiga?

— Rosa, nossa criada — respondeu Esguerra. — Elas se tornaram amigas nos últimos meses. Não faço a menor ideia do que elas estavam fazendo lá, mas você precisa garantir que sua casa esteja segura. — Ele pausou e lançou-me um olhar sombrio. — Não quero Nora exposta a nada que a perturbe na condição dela. Você me entendeu?

— Perfeitamente. — Mantive a voz neutra. — Vou ficar de olho em quaisquer visitantes, prometo.

E, na próxima vez em que eu visse a criada de Esguerra, teria uma conversinha com ela.

ulia

— Ei.

Uma batida leve na janela atraiu minha atenção. Assustada, olhei para cima e vi a jovem de cabelos escuros de antes... a que achei ser a namorada de Lucas.

— Ei — repetiu ela, encostando o nariz no vidro. — Qual é o seu nome?

— Sou Yulia — disse eu, decidindo que não tinha nada a perder conversando com a garota. Pelo menos, desta vez eu não estava nua. — Quem é você?

— Yulia — repetiu ela, como se estivesse gravando meu nome na memória. — Você é a espiã que causou a queda do avião. — Ela disse aquilo como uma afirmativa, não uma pergunta.

Olhei para ela em silêncio, sem deixar que meus pensamentos transparecessem. Eu não tinha ideia de quem ela era nem do que queria de mim. E não pretendia dizer nada que pudesse me deixar encrencada.

Ela assentiu, como se estivesse satisfeita com minha falta de resposta. — Por que Lucas trouxe você para cá?

Em vez de responder, perguntei: — Quem é você? O que quer?

Esperei que ela também não respondesse, mas ela disse: — Meu nome é Rosa. Trabalho na casa principal.

O nome dela soou familiar. Franzi a testa e instantaneamente me lembrei. Lucas mencionara uma Rosa naquela manhã. Ela devia ser a pessoa que deu a panela de sopa a Lucas.

— O que você quer? — perguntei, estudando a garota.

— Não sei — disse ela, surpreendendo-me. — Acho que só queria ver você.

Pestanejei. — Por quê?

— Porque você matou todos aqueles guardas e quase matou Lucas e Julian. — A expressão dela não mudou, mas percebi a tensão em sua voz. — E porque, por algum motivo, Lucas a trouxe para dentro da casa dele, em vez de deixá-la amarrada na cabana, que é para onde levam traidores como você.

Então eu tivera razão em ser cautelosa. A garota me odiava pelo que acontecera... e possivelmente tinha uma queda por Lucas. — Você gosta dele? — perguntei, decidindo ser direta. — É por isso que está aqui?

O rosto dela ficou vermelho. — Não é da sua conta.

— Você está aqui para olhar para mim, o que faz com que seja da minha conta — retruquei divertida. A garota parecia ser pouco mais nova que eu, mas parecia muito ingênua, como se décadas nos separassem, em vez de anos.

Rosa me encarou com os olhos castanhos estreitados. — Sim, você tem razão — disse ela depois de um momento. — Eu não deveria estar aqui. — Virando-se rapidamente, ela desapareceu de vista.

— Rosa, espere — chamei, mas ela já fora embora.

Pelo menos duas horas se passarem até que Lucas voltasse e meu estômago estava dolorosamente vazio quando ele chegou. De acordo com o relógio na parede, era uma hora da tarde quando a porta da frente se abriu... o que significava eu comera a sopa de Rosa no café da manhã quase sete horas antes.

Apesar da fome, um arrepio de autoconsciência dançou sobre minha pele quando Lucas se aproximou, andando com o passo atlético e despreocupado de um guerreiro. Como no dia anterior, ele vestia calça *jeans* e uma camiseta sem mangas. O corpo dele parecia incrivelmente forte e os músculos bem definidos se flexionavam com cada movimento. Novamente, lembrei-me de um herói eslavo antigo, mas a comparação com um viking provavelmente seria mais adequada.

— Deixe-me adivinhar — disse ele, ajoelhando-se à minha frente. Os olhos azuis brilharam. — Você está faminta.

— Não me importaria de comer — respondi enquanto ele desamarrava meus tornozelos. Eu também não me importaria de ter alguma forma de entretenimento que não incluísse observar lagartos, bem como uma cadeira mais confortável, mas não pretendia reclamar sobre coisas tão pequenas. Depois do tempo que eu passara na prisão russa, as acomodações atuais eram certamente luxuosas.

Lucas riu, levantando-se, e deu a volta para soltar meus braços. — Sim, aposto que gostaria de comer. — As mãos grandes dele estavam quentes sobre a minha pele enquanto ele desfazia os nós. — Consigo ouvir seu estômago roncando daqui.

— Isso acontece quando não como — respondi, com um sorriso inexplicável nos lábios. Tentei contê-lo, mas não consegui, e os cantos da minha boca se inclinaram para cima.

Foi bizarro. Eu não podia estar genuinamente feliz em vê-lo, podia?

Eu disse a mim mesma que era porque ele estava prestes a me alimentar. Consegui remover o sorriso do rosto quando Lucas terminou de tirar a corda e colocou-me de pé. Era porque, subconscientemente, eu associava a chegada dele a coisas boas: comida, banheiro, não estar amarrada. Até mesmo a orgasmos, por mais inquietante que fossem.

Era apenas meu segundo dia lá, mas meu corpo já

começava a se condicionar a considerar meu carrasco como uma fonte de prazer, da mesma forma como os cães de Pavlov aprenderam a salivar ao som de uma campainha. Eu sabia que um dia, em breve, Lucas poderia me ferir, mas o fato de isso ainda não ter acontecido ajudara muito a diminuir meu medo dele.

Não adiantava ficar aterrorizada se a tortura e a morte não eram iminentes.

— Venha — disse Lucas. Seus dedos eram uma algema inquebrável em volta do meu pulso enquanto ele me levava para a cozinha. — Ainda temos um pouco de sopa e posso também fazer um sanduíche.

— Está bem — respondi. — Eu estava com fome suficiente para comer papel de parede, portanto, repetir a mesma comida não seria um problema. Ainda assim, ao pararmos em frente à mesa, tive que oferecer: — Quer que eu tente fazer alguma coisa para o jantar? Eu realmente sei cozinhar.

Ele soltou meu pulso e olhou para mim, com os lábios curvando-se ligeiramente. — Ah, sim. Você e facas. Consigo imaginar como isso seria. — Ele puxou uma cadeira para mim. — Sente-se, doçura. Vou fazer aqueles sanduíches.

Doçura? Querida? Fiz o possível para não reagir quando ele pegou os ingredientes para os sanduíches e serviu a sopa em tigelas. Aqueles nomes eram uma coisa pequena, mas eram também um lembrete do que se passara entre nós mais cedo.

A forma como ele me pegara no momento mais fraco e tentara me fazer ceder.

Lucas ficou de costas, concentrando-se na sopa que estava no micro-ondas, e respirei fundo para me acalmar. Não valia a pena ficar agitada por causa disso. O exame invasivo do médico sim, mas não isso. Eu precisava agir como se estivesse começando a confiar nele. Assim, quando eu lentamente me abrisse para ele, seria crível.

A ligação emocional entre nós pareceria real.

— Então — começou Lucas, colocando uma tigela de sopa à minha frente —, como você sabe falar inglês tão bem? Nem tem sotaque. — Ele se sentou do outro lado da mesa e os olhos pálidos me observavam com curiosidade impassível.

E o interrogatório gentil começou.

Soprei a sopa para esfriá-la, usando o tempo para recompor os pensamentos. — Meus pais quiseram que eu aprendesse inglês — respondi depois de engolir uma colherada da sopa. — Fiz aulas extras, além do que nos ensinavam na escola. É fácil não ter sotaque quando se aprende um idioma na infância.

— Seus pais? — Lucas ergueu as sobrancelhas. — Eles estavam preparando você para ser uma espiã?

— Uma espiã? Não, claro que não. — Comi outra colherada, ignorando a dor das antigas lembranças. — Eles só queriam que eu tivesse sucesso, que conseguisse um emprego em alguma corporação internacional ou algo assim.

— Mas eles não se importaram quando você foi recrutada? — Ele franziu a testa.

— Eles estavam mortos. — As palavras saíram mais

ríspidas do que o desejado e esclareci em um tom mais calmo: — Eles morreram em um acidente de carro quando eu tinha dez anos.

Ele respirou fundo. — Puta merda, Yulia. Sinto muito. Deve ter sido difícil.

Ele sentia muito? Eu quis rir e dizer a ele que não fazia ideia, mas só engoli em seco e abaixei o olhar, como se o assunto me causasse muita dor. E realmente causava, eu não estava fingindo naquele momento. Falar sobre a perda dos meus pais era como cutucar uma casca de ferida mal curada. Eu poderia ter mentido, inventado uma história, mas não teria sido tão efetivo. Eu queria que Lucas me visse assim, real e sofrendo. Lucas precisava acreditar que eu era alguém que ele poderia dobrar sem recorrer à brutalidade ou à tortura.

Ele precisava achar que eu era fraca.

— Você é... — Ele estendeu o braço sobre a mesa para tocar na minha mão. Seus dedos estavam quentes sobre minha pele. — Yulia, você é filha única?

Ainda olhando para a mesa, assenti, deixando os cabelos esconderem minha expressão. Meu irmão era o único pedaço do meu passado que Lucas não poderia ter. Misha estava associado demais com Obenko e a agência.

Lucas puxou a mão e eu sabia que ele acreditara. Por que não acreditaria? Eu fora completamente sincera com ele até aquele momento.

— Algum de seus parentes cuidou de você? — perguntou ele em seguida. — Avós? Tios? Tias?

— Não. — Ergui a cabeça para encontrar o olhar dele. — Meus pais não tinham irmãos e eu nasci quando eles tinham trinta e poucos anos, muito tarde para a geração deles na Ucrânia. Quando o acidente aconteceu, eu tinha apenas um avô, que estava morrendo de câncer, mais nada. — Novamente, era verdade.

Lucas me estudou e percebi que ele já sabia a resposta para o que pretendia perguntar. — Você acabou em um orfanato, não foi? — perguntou ele baixinho.

— Sim, acabei em um orfanato. — Olhando para baixo, forcei-me a continuar comendo. Havia um nó no meu estômago, mas eu sabia que precisava comer para recuperar as forças.

Ele não perguntou mais nada enquanto terminávamos de comer a sopa e fiquei grata por isso. Eu não esperara que aquela parte fosse tão difícil. Achei que superara aquilo depois de tantos anos, mas mesmo uma breve menção do orfanato foi o suficiente para que as lembranças voltassem, levando consigo as antigas sensações de pesar e desespero.

Quando terminamos a sopa, Lucas se levantou e lavou as tigelas. Em seguida, serviu dois copos de água, fez os sanduíches e colocou um deles à minha frente.

— Foi lá que recrutaram você? No orfanato? — perguntou ele baixinho, sentando-se. Assenti, propositalmente sem olhar para ele. Estávamos chegando perto demais do tópico que eu não poderia discutir com ele e nós dois sabíamos disso.

Ouvi quando ele suspirou. — Yulia. — Ergui o rosto para encontrar o olhar dele. — E se eu lhe dissesse que quero que o passado fique no passado? — perguntou ele com a voz profunda incomumente suave. — Que não planejo mais fazer com que você pague por seguir ordens e que só quero encontrar os verdadeiros responsáveis, os que lhe deram essas ordens?

Eu o encarei sem expressão, como se estivesse tentando processar suas palavras. Obviamente, eu esperara aquilo. Era o próximo passo lógico. Primeiro, simpatia e cuidados, talvez em parte genuínos. Depois, uma oferta de imunidade se eu entregasse meus empregadores. Levar-me para a casa dele, lavar-me, alimentar-me, tudo levara àquilo. Somente o sexo não era parte da equação. A intimidade entre nós era poderosa demais para ser classificada.

Ele trepara comigo porque me queria, mas tudo o mais era parte do jogo.

— Você vai me deixar ir embora? — perguntei, soando adequadamente incrédula. Somente uma idiota completa teria acreditado naquela promessa falsa e, com sorte, Lucas não me considerava tão idiota. Teria que trabalhar para me convencer que poderia confiar nele... e, durante esse tempo, e estaria trabalhando para fazê-lo baixar a guarda.

Para minha surpresa, Lucas balançou a cabeça negativamente. — Não posso fazer isso — respondeu ele. — Mas posso prometer não machucar você.

Passei a língua sobre os lábios subitamente secos. Não era o que eu esperava. A liberdade era sempre a isca dada a prisioneiros. — O que exatamente está dizendo?

Ele manteve meu olhar e meu coração acelerou quando vi o calor sombrio em seus olhos. — Estou dizendo que quero você e que, se me falar sobre os seus associados, eu a manterei segura... deles e de qualquer outra pessoa que queira lhe fazer mal.

Minhas entranhas se contorceram com uma mistura inquietante de medo e desejo. — Não estou entendendo. Se não vai me deixar ir embora...

Ele olhou para mim em silêncio, deixando que eu tirasse minha própria conclusão.

Meu coração batia com força nos ouvidos quando peguei o copo de água, percebendo pelo canto do olho que minha mão não estava totalmente firme. Tomei a água, mais para ganhar tempo do que por sentir sede. Em seguida, forcei-me a largar o copo sobre a mesa e a olhar para ele.

— Você está me oferecendo proteção em troca de sexo — disse eu, com a voz ligeiramente trêmula.

Lucas inclinou a cabeça. — Você pode pensar nisso assim, sim.

— E o seu chefe? — Eu não estava acreditando no rumo da conversa. — Ele não espera que você me corte em pedacinhos ou seja lá o que normalmente faz para forçar as pessoas a falarem? Não foi por isso que ele me trouxe para cá?

— Eu trouxe você para cá, não Esguerra.

Eu o encarei, mais uma vez pega de surpresa. — O quê?

— Eu queria você. — Lucas se inclinou para a frente, apoiando os braços na mesa. — Tivemos aquela noite e não foi o suficiente. É verdade que eu queria puni-la pelo que aconteceu. Mas, mais do que isso, eu queria *você*. — A voz dele ficou rouca. — Eu queria você na minha cama, no chão, contra uma parede, da forma que fosse possível.

— Você me trouxe para cá por sexo? — Aquilo era muito além do que eu poderia ter imaginado. — Você me tirou da prisão para que pudesse trepar comigo?

O olhar dele ficou mais escuro. — Sim. Eu disse a mim mesmo que fora por vingança, mas era para ter você.

— Eu... — Incapaz de ficar sentada, levantei-me. Minha fome desaparecera completamente. Minha voz estava estrangulada quando eu disse: — Eu preciso de um minuto.

Com as pernas trêmulas, andei até a janela da cozinha. O sol do lado de fora brilhava sobre uma vegetação exótica tropical, mas não consegui me concentrar na beleza natural à minha frente. Eu estava atônita demais com as revelações de Lucas.

Ele me dizia a verdade ou era apenas outra tentativa de me desestabilizar e obter respostas? Uma técnica de interrogatório totalmente diferente que usava nossa atração mútua como base? Eu estava acostumada com homens que me queriam, mas aquilo era algo completamente diverso.

O que Lucas dizia indicava um grau de obsessão que seria assustador caso fosse real.

Enquanto eu estava parada tentando absorver as revelações dele, ouvi seus passos. No momento seguinte, as mãos grandes seguraram meus ombros. Lucas já estava excitado, pois senti a ereção encostar no meu traseiro quando ele me puxou contra o próprio corpo.

— Isso não precisa ser ruim para você, linda. — O hálito dele estava quente contra meu rosto quando ele inclinou a cabeça e encostou os lábios na minha têmpora. — Você poderia ficar segura aqui comigo.

Um tremor de excitação traiçoeira me percorreu e senti os mamilos enrijecerem sob a camiseta. — Como? — perguntei, fechando os olhos. Os músculos esculpidos contra minhas costas e a força dele eram aterrorizantemente sedutores. Era como se ele tivesse encontrado meus desejos mais profundos, minha vontade imensa de ter segurança no abraço dele — Como pode prometer isso quando seu chefe poderia ter me matado em um instante?

— Ele não vai encostar em você. — Os braços fortes de Lucas me envolveram de forma restritiva e reconfortante. — Não vou deixar que ele faça nada. Esguerra me deve e você é o favor que cobrarei dele.

— Lucas, isto... — Minha cabeça se inclinou para trás quando ele beijou minha orelha. O volume na calça dele pressionou contra meu corpo de forma mais insistente. — Isto é loucura.

— Eu sei. — A voz dele saiu como um rosnado. — Acha que não sei disso? — Soltando-me, ele me virou e segurou meus quadris, puxando-me novamente contra si. Assustada, abri os olhos e vi uma necessidade selvagem em suas feições. Ele me empurrou para a direita contra a parede ao lado da janela, mantendo-me no lugar com a parte inferior do corpo. — Acha que já não disse isso a mim mesmo um milhão de vezes? — O pênis dele pressionou meu abdômen e seu olhar encontrou o meu. As pupilas dele estavam dilatadas e havia uma veia latejando em sua testa.

Ele não estava fingindo.

Longe disso.

Minha respiração ficou acelerada com uma mistura de excitação e medo feminino primitivo. O homem à minha frente não daria ouvidos à razão... e meu corpo talvez não quisesse que ele fizesse isso.

— Lucas. — Lutando contra a embriaguez provocada pela proximidade dele, coloquei as mãos entre nós e pressionei as palmas contra o peito dele. — Lucas, acho que precisamos conversar...

— Você quer conversar sobre isto? — Ele moveu os quadris em um movimento sugestivo, com o pênis pressionando meu abdômen sobre duas camadas de roupas. Ele segurou meu maxilar, mantendo meu rosto imóvel ao se inclinar para a frente, deixando os lábios a poucos centímetros dos meus. Fiquei imóvel, com o coração batendo forte. E, naquele momento, um movimento leve chamou minha atenção.

Sobressaltada, olhei para a janela e vi cabelos escuros escondendo-se.

— O que foi? — O tom de Lucas foi ríspido ao perceber minha distração. Seguindo meu olhar, ele olhou pela janela e xingou baixinho ao me soltar e andar até lá.

Ao se inclinar mais perto do vidro, andei para que a mesa ficasse entre nós. Meu corpo tremia com calor, mas fiquei feliz com a interrupção. Eu precisava digerir o que Lucas me dissera e não conseguiria fazer isso enquanto ele estivesse trepando comigo.

O sanduíche intocado sobre a mesa chamou minha atenção. Eu não estava mais com fome, mas peguei o sanduíche e dei uma mordida no momento em que Lucas se virou para mim, com os lábios em uma linha fina e apertada.

— Quem era? — perguntei, com as palavras abafadas por causa da comida na boca. Eu precisava de tempo e aquela foi a única forma que consegui encontrar para estendê-lo. Mastigando de forma determinada, acenei com o sanduíche para a janela. — Alguém veio procurar você?

Os músculos do maxilar dele se flexionaram. — Não, não exatamente. — Lucas deu a volta na mesa e sentou-se no lado oposto, com os olhos pálidos examinando-me. — Você viu alguém lá fora. Quem era?

Engoli sem sentir o gosto do sanduíche. — Não sei. Só vi os cabelos da pessoa por trás — respondi com sinceridade. Mas o que eu não disse foi que tinha um motivo muito bom para suspeitar de quem talvez fosse a dona daqueles cabelos.

— Homem? Mulher? — insistiu Lucas. — Cabelos longos? Curtos?

Dei outra mordida deliberadamente no sanduíche e mastiguei enquanto pensava na pergunta. — Uma mulher — respondi quando consegui falar novamente. Ele não acreditaria em mim se eu fingisse não ter notado algo tão óbvio. — Cabelos em um coque. E acho que ela usava um vestido escuro.

Lucas assentiu, como se eu tivesse confirmado suas suspeitas. — Está bem — disse ele, com a expressão ficando um pouco mais suave.

Em seguida, ele pegou o próprio sanduíche e começou a comê-lo, observando-me o tempo inteiro.

Lucas

Terminamos a refeição em silêncio, com o ar sobre a mesa denso com tensão sexual. Enquanto eu observava Yulia consumir os últimos farelos da refeição, meu pênis latejou dolorosamente dentro do espaço apertado da calça.

Se Rosa não tivesse escolhido aquele momento infeliz para espiar, eu já estaria dentro de Yulia, prendendo-a contra a parede.

Eu deixara minha prisioneira chocada. Percebi isso pela cor em seu rosto e pela forma como seu olhar se desviava do meu. Ela acreditara em mim? Percebera que eu estava sendo sincero? A solução para o dilema do que fazer com ela surgira enquanto eu caminhava para casa. Eu soube instantaneamente que era a única forma.

Eu faria exatamente o que meus instintos exigiam e manteria Yulia.

Antes, uma ação dessas teria sido inimaginável. Quando estava no ensino médio, se alguém me dissesse que eu sequer pensaria em manter uma mulher contra a vontade dela, eu teria rido. Mesmo enquanto estava na marinha, muito tempo depois de saber que eu era capaz de fazer o que o trabalho exigisse sem sentir o menor remorso, ainda me agarrava aos princípios morais da minha infância, tentando resistir à tentação da escuridão em meu interior. Só depois que virei um homem procurado que entendi completamente minha natureza e a extensão da minha vontade de exceder limites que antes considerava sagrados.

Manter Yulia para mim não era nada no panorama maior e certamente era melhor do que o destino que planejara originalmente para ela.

— E como exatamente isto funcionaria? — perguntou ela, finalmente interrompendo o silêncio. Os olhos dela se fixaram no meu rosto. — Você vai me manter amarrada na cadeira o dia todo e algemada a você a noite toda?

Sorri para ela, sentindo a ansiedade fervendo nas veias. — Só se isso a deixar excitada, linda. Caso contrário, acho que podemos pensar em algo melhor.

— Eu já estava pensando nos implantes de rastreamento que Esguerra usara na própria esposa. Eu poderia fazer algo similar com Yulia, garantindo que pelo menos um dos implantes fosse colocado onde seria praticamente impossível de ser removido.

Mas, primeiro, eu precisaria garantir que a agência para quem ela trabalhava fosse eliminada. Caso contrário, Yulia poderia usar os recursos deles para desaparecer, com ou sem rastreadores.

— Você me deixará desamarrada? — Seus olhos estavam arregalados ao olharem para mim. — E deixará que eu vá para o lado de fora?

— Sim. — Obviamente, só quando a agência dela fosse destruída e os rastreadores fossem implantados. — Mas preciso primeiro que me fale dos seus empregadores. Quem é o chefe do programa?

Ela não respondeu. Em vez disso, levantou-se e carregou os dois pratos de papel vazios para a lata de lixo no canto da cozinha. Eu a observei, garantindo que não tentasse nada, mas ela só jogou fora os pratos e voltou para a mesa.

Parando ao lado da cadeira, ela olhou para mim. — Como sei que posso confiar em você? Quando eu lhe disser o que quer saber, você poderá simplesmente me matar.

— Eu poderia, mas não vou fazer isso. — Eu me levantei e aproximei-me dela. Parando à sua frente, passei as costas da mão na pele macia de seu rosto. — Quero você demais para fazer isso.

A cor no rosto de Yulia ficou mais intensa. — E aí? Vai me poupar só porque quer trepar comigo? — A voz dela era uma mistura de descrença com escárnio. —

Você sempre deixa seu pênis decidir quem vive e quem morre?

Eu ri, sem me sentir nada ofendido. — Não, linda. Só quando ele é insistente assim.

Na verdade, eu não me lembrava de alguma vez ter saído do meu curso de ação por causa de uma mulher. Eu sempre gostara de sexo e de companhia feminina, mas a necessidade nunca fora uma força predominante na minha vida. Meu último relacionamento mais longo, um caso de três meses na Venezuela, fora antes de começar a trabalhar para Esguerra e eu não pensara naquela garota em anos. Meus encontros mais recentes tinham sido apenas de uma noite ou, no máximo, de alguns dias de diversão casual.

Yulia me olhou de forma dúbia, com as sobrancelhas erguidas, e não consegui esperar mais. Ela era minha e eu faria o que meu corpo pedira durante a última hora.

— Vamos — disse eu, fechando os dedos em volta do braço magro dela. — Acho que está na hora de começarmos nosso arranjo.

ELA FICOU EM SILÊNCIO ENQUANTO A LEVEI PARA O quarto, com as pernas longas e esguias chamando minha atenção ao caminharmos. Imaginei que precisaria arrumar algumas roupas para ela em breve. Mas, por enquanto, eu gostava de vê-la na minha camiseta, tão grande sobre o corpo magro.

Eu sabia, pelos padrões morais da minha infância, que o que fazia com ela era errado. Ela era minha prisioneira e eu não lhe dera opção alguma. Eu a coagira a entrar em um relacionamento que ela não queria, apesar da resposta física e da aparente vontade de aceitar meu toque. Seria tentador justificar minhas ações dizendo a mim mesmo que o trabalho dela a tornava merecedora de tal tratamento, mas sabia que não era verdade.

Ela fora forçada a entrar naquela vida por circunstâncias fora de seu controle e eu era um imbecil cruel por tirar vantagem dela.

Ao tirar a camiseta de Yulia, puxando-a sobre a cabeça, esperei que minha consciência se manifestasse, mas a única coisa que eu percebia era o desejo poderoso que sentia por ela. As coisas que eu fizera nos oito anos anteriores, as coisas que tivera que fazer para sobreviver, tinham acabado com todos os princípios morais que minha família conseguira me incutir, removendo a camada de civilização que nunca fora muito profunda. O homem parado em frente a Yulia naquele momento não tinha semelhança alguma com o garoto que deixara o lar de classe média alta dezesseis anos antes e minha consciência continuou dormente quando larguei a camiseta no chão e passei o olhar pelo corpo nu de minha prisioneira.

— Deite-se — disse eu, com a voz rouca de desejo. — Quero você deitada de costas.

Ela hesitou e imaginei se, no fim das contas, lutaria contra mim. Seria inútil, pois, mesmo estando na melhor forma, ela não seria páreo para mim, mas eu não descartei a possibilidade de que tentasse alguma coisa mesmo assim.

Para meu alívio, ela não lutou. Em vez disso, subiu na cama e deitou-se, observando-me.

Eu me aproximei dela, sentindo o pênis inchar ainda mais. Apesar de Yulia ainda estar muito magra, o corpo dela era maravilhosamente proporcional, com a cintura muito estreita, os quadris bem femininos e os seios altos e cheios. Os cabelos dourados eram como uma auréola sobre o travesseiro, emoldurando um rosto que parecia ter saído de uma revista de moda. Com as feições muito bem desenhadas, os olhos com cílios grossos e a pele perfeita, ela era quase bonita demais para foder.

Mas a palavra-chave era "quase".

Ainda assim, controlei meu desejo selvagem. Eu não queria machucá-la. Ela já fora machucada demais, pelas minhas mãos e pelas de outros. Só de pensar nisso, em outros homens tocando nela, senti uma fúria assassina.

Se algum homem colocasse as mãos em Yulia novamente, pagaria com a vida.

Subindo na cama, passei o joelho sobre as coxas dela e prendi-a entre os braços. Eu estava determinado a me controlar desta vez, portanto, mantive-me de quatro sem encostar nela. O peito dela subia e descia com respirações curtas enquanto ela me encarava e percebi que estava nervosa.

Nervosa e excitada, a julgar pelos mamilos enrijecidos e a pele corada.

— Você é linda — murmurei, abaixando a cabeça sobre um dos mamilos. Ela não se mexeu, mas senti a tensão em seu corpo ao pressionar a boca sobre a auréola rosada. O mamilo se contraiu ainda mais com o meu toque e fechei os lábios sobre ele, chupando-o de leve. Ela arquejou, contraindo as mãos nos lados do corpo, e fechou os olhos, arqueando a cabeça sobre o travesseiro.

— Sim, extremamente linda — sussurrei, voltando a atenção para o outro mamilo, que tinha o gosto dela, gosto de pele feminina e pêssegos. Depois de chupá-lo, soprei ar frio sobre o mamilo distendido e fui recompensado com um gemido leve.

Passei então para o restante dos seios dela, beijando e chupando a pele delicada, tocando nela com nada além da boca. O corpo dela era um banquete sensual, com cada curva sedosa e o perfume intoxicante. Mesmo com o desejo fervendo dentro de mim, não pude evitar passar lentamente pela parte debaixo dos seios, pelas costelas, pelo colo... Descendo, senti o gosto da pele macia no topo de sua fenda e empurrei a língua entre as dobras da boceta.

Ela gritou, ficou tensa e senti suas mãos na minha cabeça, enterrando as unhas no couro cabeludo quando encontrei o clitóris e pressionei a língua contra ele. Ela estava molhada, senti o gosto de sua excitação, e o sabor exclusivamente feminino lançou uma onda de sangue diretamente para o meu pênis. Meus testículos enrijeceram e meus braços estremeceram com a vontade de agarrá-la e penetrá-la, de tomá-la como eu quisera fazer desde a interrupção na cozinha.

— Lucas. — A palavra saiu como um gemido sem fôlego quando ela se contorceu sob mim, erguendo os quadris em uma súplica silenciosa enquanto passava os dedos entre os meus cabelos. — Ai, meu Deus, Lucas...

Desconsiderando minha própria necessidade, concentrei-me nela, usando a boca para mantê-la à beira do orgasmo, mas sem chegar lá. Lambi cada milímetro da boceta, capturei os lábios e chupei as dobras macias, sabendo que o movimento contrairia o clitóris. Os gritos dela ficaram mais altos, as unhas mais afiadas no meu couro cabeludo. Agarrei o lençol com as duas mãos para impedi-las de encostar em Yulia. Eu queria primeiro dar aquele prazer a ela, fazê-la sentir um pouco do desejo que me consumia quando estava perto dela.

— Lucas! — Ela se debatia agora, enterrando os calcanhares no colchão nos lados do meu corpo, e percebi que não aguentaria muito mais. Deslizando a mão entre as coxas dela, penetrei-a com dois dedos e chupei o clitóris ao mesmo tempo.

Ela arqueou as costas ao gritar e senti-a contraindo-se em volta dos meus dedos, com os músculos ondulando por causa do orgasmo. Esperei apenas o suficiente para que as contrações começassem a diminuir e subi para cima dela. Apoiando-me nos cotovelos, abri as pernas dela com os joelhos e coloquei a cabeça do pênis em sua abertura.

— Yulia. — Esperei que ela abrisse os olhos, com a

visão ainda nublada e estonteada, e cedi à minha própria necessidade desesperada, penetrando-a com uma investida profunda. Ela gemeu, erguendo as mãos para o meu corpo, e finalmente me perdi. Um desejo cego me invadiu e comecei a investir de forma dura e rápida.

Percebi vagamente que ela passou as pernas em volta dos meus quadris para acompanhar minhas investidas. Eu estava muito além do ponto em que poderia desacelerar. Ela estava molhada, macia e apertada em volta de mim, com os músculos internos apertando meu pênis, e a tensão que se acumulou no meu interior foi incontrolável, vulcânica. Ela cresceu e intensificou-se, fazendo com que meu coração batesse com força nos ouvidos. Finalmente, as sensações chegaram ao topo e o orgasmo me atingiu com intensidade brutal. Segurando-a com força, gemi ao despejar minha semente dentro do corpo dela em uma série de jatos longos.

Fiquei chocado ao ouvi-la gritar mais uma vez e senti-a contraindo-se em volta de mim novamente em um segundo clímax. Meu pênis se contraiu em resposta e, em seguida, caí para o lado, puxando-a para que ficasse deitada sobre mim.

Não havia pensamentos na minha mente, exceto um.

Eu nunca a deixaria ir embora.

ulia

— Você trepou comigo de novo sem camisinha — disse eu quando encontrei fôlego para falar. Eu estava deitada ao lado de Lucas, com a cabeça em seu ombro, enquanto esperava que o ritmo galopante do meu coração diminuísse.

Meu carrasco riu e o som foi um retumbar masculino em seu peito. — Ah, sim. Esqueci de suas milhões de doenças. Bem, você ficará feliz ao ouvir que recebi o resultado dos exames de Goldberg e você só tem chatos.

— O quê? — Horrorizada, sentei-me de um salto, mas ele já estava às gargalhadas ao também se sentar.

— Seu idiota! — Furiosa, peguei um travesseiro,

desejando que houvesse um tijolo dentro dele, e bati em Lucas. — Não tem graça!

Rindo ainda mais, Lucas me pegou e jogou-me no colchão, rolando sobre mim para me segurar no lugar. Com facilidade enlouquecedora, ele capturou meus pulsos, prendendo-os acima da minha cabeça ao imobilizar minhas pernas com as coxas fortes. — Na verdade — disse ele, sorrindo —, achei muito engraçado.

— É mesmo? — Incapaz de tirar Lucas de cima de mim, usei a única arma que me restava. Erguendo a cabeça, enterrei os dentes na junção dos músculos do pescoço e do ombro dele.

— Ai, sua animalzinha! — Transferindo meus pulsos para a mão esquerda, ele segurou meus cabelos com a direita, puxando minha cabeça de volta para o colchão. Para minha irritação, ele continuava sorrindo, nem um pouco irritado com a marca vermelha que meus dentes deixaram em sua pele. — Você não deveria ter feito isso.

— É mesmo? — Apesar da minha posição indefesa, as antigas lembranças estavam dormentes, deixando-me livre para me concentrar na raiva. — E por que não?

— Porque... — ele abaixou a cabeça, colocando a boca perto da minha orelha — você me faz querê-la. — Erguendo a cabeça para encontrar o meu olhar, ele moveu o pênis enrijecido contra minha coxa, sem deixar dúvidas quanto ao que quisera dizer.

Incrédula, eu o encarei, vendo o brilho quente agora familiar em seus olhos. — Está brincando? De novo?

— Sim, linda. — A boca de Lucas se curvou em um sorriso sombriamente carnal enquanto seu joelho se posicionava entre minhas coxas, forçando-as a se abrirem. — De novo e de novo.

Demorou bem mais de uma hora para que eu pudesse me refugiar no banheiro e recompor meus pensamentos dispersos. Meu corpo estava dolorido, exausto pelos orgasmos sem fim, e o resíduo do sexo estava grudado nas minhas coxas. Depois de cuidar das necessidades mais prementes, liguei o chuveiro para tomar um banho rápido.

Antes que eu entrasse no chuveiro, a porta se abriu e Lucas entrou, ainda totalmente nu. — Boa ideia — disse ele, olhando para a água que caía. — Vamos entrar.

Horrorizada, encarei meu carrasco insaciável. — Não é possível.

Ele sorriu, mostrando os dentes brancos. — Eu poderia, mas não vou. Sei que você precisa de um tempo. Venha cá, querida. — Segurando meu braço, ele me puxou para dentro do box. — É só um banho, prometo.

Ele não mentiu, com as mãos grandes ensaboando-me, sem parar por mais de alguns momentos nos meus seios e em meu sexo. Mesmo assim, eu estava ciente de uma pulsação quente entre minhas coxas enquanto ele me lavava, deslizando os dedos entre minhas dobras e subindo entre minhas nádegas. Chocada, contraí as nádegas quando a ponta do dedo dele pressionou aquele orifício. Ele soltou uma risada suave, soltando-me quando o empurrei.

— Está bem, posso esperar — disse ele em tom amigável. Virei o rosto, sentindo meu estômago se contrair ao perceber que seria apenas uma questão de tempo para que ele me possuísse também daquela forma, independentemente do que eu achasse sobre o assunto.

Lucas terminou de se lavar rapidamente e saiu do box. — Saia quando estiver pronta — disse ele, pegando uma toalha. Logo depois, ele saiu, deixando-me sozinha no chuveiro.

Exausta, encostei-me na parede, deixando a água cair sobre o peito. Meus mamilos estavam dolorosamente sensíveis, bem como meu sexo inchado e dolorido. Antes de conhecer Lucas, eu não sabia que o prazer poderia ser tão exaustivo, que poderia exigir tudo de mim, tanto física quanto mentalmente. Eu não conseguia resistir a ele e isso não tinha nada a ver com o fato de que era meu carrasco.

Mesmo se eu fosse livre, não conseguiria dizer não para ele.

Proteção em troca de sexo. As palavras não saíam da minha mente, enchendo-me com uma mistura confusa de raiva e desejo. Era possível que ele tivesse falado sério? Ele realmente me buscara do outro lado do planeta para ser seu brinquedo sexual?

Parecia ridículo, exceto que eu sentia a força do desejo dele por mim. Mesmo agora, meu corpo doía por causa da paixão implacável dele. Lucas realmente faria isso? Deixaria o passado para trás e simplesmente me manteria se eu lhe contasse sobre a agência? Quando eu pensara mais cedo em estabelecer uma ligação com ele, queria ganhar algum tempo sem dor e ter uma chance de escapar antes de ser morta. No entanto, se o que ele dizia era verdade, meu cativeiro não tão horrível poderia continuar indefinidamente... ou, pelo menos, até que Esguerra exigisse minha cabeça em uma bandeja.

Não importava o que Lucas dissera sobre favores devidos, eu não acreditava que o chefe dele me pouparia para sempre. Mais cedo ou mais tarde, Esguerra desejaria a parte dele e eu estaria morta. E, mesmo se por algum milagre, Lucas realmente conseguisse me proteger, não faria isso por muito tempo.

Ele me jogaria aos lobos assim que percebesse que eu não lhe daria as respostas que buscava.

Afastando-me da parede, desliguei o chuveiro e saí do box. Ao me secar, tentei imaginar se aquela mudança de atitude alterava alguma coisa e decidi que não.

Só significava que eu tivera uma sorte incrível.

Teria tempo para planejar minha fuga.

ucas

Quando Yulia saiu do banheiro, entreguei a ela uma camiseta limpa e levei-a de volta à sala de estar. Meu corpo vibrava com a satisfação profunda que somente o sexo com ela me dava.

— Gosta de ver TV? — perguntei ao amarrar as pernas dela à cadeira. Eu não conseguia me lembrar da última vez em que me sentira tão relaxado e contente. Logo, eu teria as respostas de que precisava e poderia dar mais liberdade a ela.

Por enquanto, o mínimo que poderia fazer era aliviar o provável tédio dela.

— TV? — Yulia me encarou com expressão incrédula. — Claro, quem não gosta?

— Alguma preferência? Filmes? Canais de noticiários? Programas?

— Ahm, qualquer coisa.

— Está bem. — Terminando com a corda, virei a cadeira dela para a televisão grande na parede oposta. — Que tal *Modern Family*? É leve e engraçado. Já assistiu?

— Não. — Ela me encarou como se eu tivesse bigodes verdes.

— Ok. — Suprimindo um sorriso, liguei a TV e selecionei a primeira temporada do programa dentre os arquivos que tinha armazenado. — Tenho que trabalhar antes do jantar, mas isso a manterá entretida.

— Claro — disse ela, parecendo tão adoravelmente confusa que não me contive. Abaixando-me, beijei os lábios abertos dela, engolindo seu gemido assustado. O calor delicioso de sua boca fez com que meu pênis se contraísse e forcei-me a recuar antes que perdesse o controle.

Por mais inacreditável que fosse, eu queria Yulia de novo.

Respirando fundo, virei-me, determinado a recuperar o controle. — Vejo você em breve — disse eu a ela por sobre o ombro. Em seguida, saí da casa.

Por mais que quisesse passar o dia inteiro trepando com minha prisioneira, havia trabalho a ser feito.

PASSEI AS PRIMEIRAS HORAS NO ESCRITÓRIO DE

Esguerra, ajustando os detalhes logísticos da proteção dele para Chicago, com ele e os guardas que pretendia levar conosco. Havia muitas coisas a coordenar, pois os pais de Nora precisariam de proteção extra durante e depois de nossa visita caso alguns dos associados comerciais de Esguerra decidissem que usar os sogros dele como vantagem seria uma boa ideia. Era algo improvável, pois todos sabiam o que acontecera com a Al-Quadar quando tentaram isso com a esposa dele, mas era sempre bom ter cuidado.

A estupidez de algumas pessoas chegava à beira do suicídio.

Quando estávamos perto do fim, a esposa de Esguerra entrou. Os olhos dela se arregalaram ao nos ver todos sentados lá. — Ah, desculpe, eu não queria interromper...

— O que foi, querida? — Esguerra se levantou e andou na direção dela, com as sobrancelhas franzidas em uma expressão preocupada. — Está tudo bem? Como está se sentindo?

Nora lançou um olhar constrangido a mim e aos outros antes de voltar a atenção para o marido. — Estou bem. Está tudo bem — disse ela apressada. — Eu queria lhe perguntar uma coisa, mas posso esperar.

— Tem certeza? — A voz de Esguerra ficou mais suave, como acontecia com frequência ao falar com a esposa. — Posso sair...

— Não, por favor. De verdade, não é nada importante. — Ficando na ponta dos pés, ela deu um beijo rápido no rosto dele. — Estarei na piscina. Venha me procurar quando terminar.

— Está bem. — Nora saiu e Esguerra a observou com a testa franzida. Percebi que ele queria segui-la, mas não desejava parecer ainda mais obcecado por ela do que sabíamos que era. Se ele fosse outra pessoa, os guardas implicariam com ele durante semanas por causa disso. No entanto, mantivemos o rosto sem expressão enquanto o chefe voltava para a mesa.

Não demorou muito para terminarmos de decidir sobre a logística de segurança. Assim que terminamos, os guardas voltaram para seus postos e Esguerra saiu para procurar a esposa, deixando-me sozinho no escritório para responder a alguns *e-mails*. Decidi aproveitar a oportunidade para fazer uma chamada de vídeo com nosso fornecedor de Hong Kong e comprar os implantes de rastreamento para Yulia. Para meu desapontamento, o velho me informou que só conseguiria enviá-los duas semanas depois... exatamente quando estaríamos em Chicago.

— Há alguma forma de consegui-los mais cedo? — perguntei, sem gostar da ideia de deixar Yulia desprotegida por tanto tempo, mas o homem simplesmente balançou a cabeça.

— Não, receio que não. Os que o sr. Esguerra comprou eram um protótipo e precisaremos fabricar os seus do zero. O revestimento é altamente especializado e terá que ser pedido especialmente...

— Deixe para lá, eu entendo. — Eu teria que designar alguns homens confiáveis para cuidar de minha prisioneira durante o tempo que ficasse ausente.

— Obrigado pelo seu tempo, sr. Chen.

Desconectando a chamada de vídeo, levantei-me e saí do escritório de Esguerra.

Havia mais uma coisa de que teria que cuidar naquele dia.

Ana, a governanta de meia idade de Esguerra, abriu a porta para mim.

— Olá, *señor* Kent — disse ela em inglês com sotaque. — Está procurando o *señor* Esguerra? Ele acabou de subir para tomar um banho.

— Não, não é ele quem estou procurando. — Sorri para a mulher mais velha. — Posso entrar?

— É claro. — Ela deu um passo atrás, deixando-me entrar no saguão luxuoso enorme. — Nora está na piscina. Quer falar com ela?

— Não, na verdade. — Fiz uma pausa, olhando em volta antes de encarar a governanta novamente. — Rosa está aqui? Eu gostaria de perguntar algo a ela.

— Ah. — Ana pareceu atônita, mas recuperou-se rapidamente e disse: — Sim, ela está na cozinha, ajudando-me com o jantar. Venha, por aqui. — Ela me levou por portas duplas e além de uma escada larga curva.

Quando entramos na cozinha, fui recebido por um cheiro de alho assado de dar água na boca. Rosa estava parada em frente a uma pia, de costas para nós, cortando legumes.

— Rosa — chamou Ana. — Você tem uma visita.

A criada se virou para nós e vi os olhos castanhos se arregalarem à medida que o rosto ficava vermelho. — Lucas.

— Olá, Rosa — disse eu, mantendo o tom neutro. — Tem um minuto?

Ela assentiu e secou as mãos rapidamente em uma toalha. — Sim, claro. — Um sorriso largo surgiu em seus lábios. — O que posso fazer por você?

Virei-me para olhar para a governanta, mas Ana já saíra apressada, deduzindo corretamente que eu queria privacidade.

— Obrigado pela sopa — disse eu, decidindo não ser tão duro. — Estava excelente.

— Ah, ótimo. — O sorriso dela aumentou. — Fico muito feliz por ter gostado. É uma receita da minha mãe.

— Espere. — Franzi a testa. — Você fez a sopa? Não foi Ana?

Rosa ficou muito vermelha. — Fui eu... lamento por ter mentido para você antes. É só que...

— Rosa — interrompi, erguendo a mão. Eu queria poupar a garota de um constrangimento desnecessário. — Obrigado, a sopa estava maravilhosa, mas prefiro que não a faça novamente para mim. Ou qualquer outra coisa, está bem?

A expressão dela foi como se eu tivesse lhe dado um

tapa no rosto. — É c-claro — gaguejou ela. — Desculpe, eu...

— E quero que fique longe da minha casa — continuei, ignorando as lágrimas que se acumularam nos olhos da garota. Eu preferiria enfrentar uma dezena de terroristas a fazer aquilo, mas precisava deixar tudo bem claro. — Não é seguro para você. Minha prisioneira é perigosa.

— Eu só...

— Olhe — disse eu, sentindo-me como se estivesse sendo cruel com uma criança —, você é uma garota linda e muito doce, mas é jovem demais para mim. Você tem quantos anos? Dezoito? Dezenove?

Rosa ergueu o queixo — Vinte e um.

— Certo. — Eu me dei conta de que ela era apenas um ano mais nova que Yulia, mas nunca pensara na espiã ucraniana como sendo jovem demais para mim. Ainda assim, continuei: — Eu tenho trinta e quatro. Você precisa encontrar alguém com uma idade mais próxima da sua. Um cara que lhe dará valor.

— É claro. — Para minha surpresa, a criada se recompôs rapidamente. As lágrimas secaram e ela me deu um sorriso, apesar de ainda estar com o rosto vermelho. — Não precisa se preocupar, Lucas. Não vou mais incomodar você.

Franzi a testa, sem saber se poderia acreditar nela. Mas ela já se virara, voltando a atenção novamente para os legumes.

II

A RUPTURA

 ulia

DURANTE A SEMANA SEGUINTE, LUCAS E EU ENTRAMOS em uma rotina inquieta. Ele fazia sexo comigo sempre que podia, o que era pelo menos duas vezes à noite e uma durante o dia, e fazíamos todas as refeições juntos na cozinha. No restante do tempo, eu assistia à TV enquanto estava amarrada na cadeira ou dormia algemada ao lado de Lucas.

— Acha que seria possível me dar algo para ler? — perguntei dois dias depois de começar a assistir aos programas da TV. — Adoro livros e sinto falta deles.

— Que tipo de livro? — Lucas pareceu incomumente interessado.

— De todos os tipos — respondi com sinceridade.

— Romances, livros de ação, ficção científica, não ficção. Não sou exigente, só adoro a sensação de ter um livro nas mãos.

— Está bem — concordou ele. No dia seguinte, ele me levou a um aposento pequeno ao lado do quarto. Como o restante da casa, havia poucos móveis. No entanto, era muito mais aconchegante. Ele tinha uma mesa, três prateleiras altas cheias de livros e uma poltrona ao lado de uma janela com vista para a floresta.

— Esta biblioteca é sua? — perguntei surpresa. Eu sempre pensara no meu carrasco como um soldado, alguém mais interessado em armas do que em livros. Era mais fácil imaginar Lucas segurando uma machadinha do que lendo pacificamente naquela saleta.

— É claro que é minha. — Encostando-se no batente da porta, ele me olhou divertido. — De quem mais seria?

— E você leu todos esses livros? — Aproximei-me das prateleiras, estudando os títulos. Devia haver centenas de livros ali, muitos deles de histórias de mistério e suspense. Também vi várias biografias e trabalhos que não eram de ficção, variando de ciência popular a finanças.

— A maioria deles — respondeu Lucas. — Costumo comprar em grande quantidade para que sempre tenha algo novo para ler quando tenho tempo livre.

— Entendo. — Eu não sabia por que estava tão chocada por descobrir aquele aspecto dele. Eu sempre suspeitara que Lucas era muito inteligente, mas, de alguma forma, deixara-me aceitar o estereótipo de um mercenário duro, um homem cuja vida girava em torno de armas e lutas. O fato de ele ter saído da escola diretamente para a marinha só aumentara aquela impressão.

Eu subestimara meu oponente e precisava ter cuidado para não deixar que isso acontecesse novamente.

Parando em frente à janela, virei-me para olhar para ele. — Quando você comprou todos esses livros? — perguntei. — Achei que você tinha passado alguns anos fugindo depois de ter saído da marinha.

O olhar de Lucas ficou duro por um segundo, mas ele assentiu. — Sim, é verdade. Sempre me esqueço do quanto você sabe sobre mim. — Ele cruzou a sala e parou à minha frente. — Comprei a maioria desses livros no último ano, depois que Esguerra decidiu que este complexo seria nosso lar permanente. Antes disso, viajávamos pelo mundo inteiro e mantive apenas algumas dezenas dos meus livros favoritos guardados. E, antes disso, eu não tinha quase nada, o que facilitava a movimentação.

— Mas não é mais o que você quer — supus, estudando-o. — Você quer ter suas coisas, quer ter um lar.

Ele me encarou e soltou uma gargalhada. — Acho que sim. Nunca pensei dessa forma, mas sim, acho que fiquei um pouco cansado de nunca dormir duas vezes na mesma cama. E ter coisas? — A voz dele ficou mais profunda quando seu olhar me percorreu. — Sim, tem um pouco disso. Gosto de ter *coisas* para chamar de minhas.

Senti o rosto quente ao afastar o olhar, fingindo estar interessada na vista do lado de fora da janela. A possessividade extrema de Lucas não me escapara. Eu sabia que meu carrasco acreditava ser meu dono e, para todas as intenções e finalidades, era verdade. Ele controlava todos os aspectos da minha vida: o que eu comia, quando dormia, o que vestia, até mesmo quando ia ao banheiro. Quando eu não estava amarrada, estava com ele. E, durante boa parte daquele tempo, estávamos na cama, onde ele fazia o que queria comigo.

Se eu não o quisesse com a mesma intensidade com que ele me queria, seria um inferno.

— Yulia... — A voz de Lucas tinha um tom quente familiar quando ele se aproximou pelas minhas costas. A mão grande segurou meus cabelos para o lado, expondo meu pescoço. Inclinando-se, ele beijou minha orelha e deslizou a mão livre sob a camiseta masculina que eu vestia como se fosse um vestido. Colocando a mão entre minhas pernas, ele encontrou meu sexo e não consegui reprimir um gemido quando me penetrou com dois dedos, estendendo-me para a trepada.

E, durante a hora seguinte, enquanto Lucas trepava comigo, que estava apoiada sobre o braço da poltrona, os livros estavam muito distantes de nossos pensamentos.

～

Depois daquele momento na biblioteca, a qualidade e a variedade do meu entretenimento melhorou. Em vez de assistir à TV o dia inteiro, eu passava parte do meu tempo sozinha lendo ao lado da janela. Também ganhei uma poltrona mais confortável e com as mãos algemadas na frente do corpo, possibilitando que eu conseguisse segurar e ler um livro. Todas as manhãs, depois do café da manhã, Lucas me prendia à poltrona com cordas, deixando as mãos algemadas com alcance suficiente para virar as páginas. Eu lia até o horário do almoço, quando ele aparecia para me alimentar e deixar-me estender as pernas.

— Sabe de uma coisa? Não sou um cachorro que usa o banheiro em horários certos — ousei reclamar um dia. — E se eu realmente precisar e você não estiver em casa?

Para meu alívio, ele não mencionou como eu me tornara mimada. Em vez disso, mais tarde naquele mesmo dia, ele me entregou um pequeno dispositivo que parecia um *pager* antigo.

— Se você pressionar este botão, receberei uma mensagem — explicou ele. — E, se puder, virei até você. Ou enviarei alguém para ajudá-la.

— Obrigada — disse eu, sentindo-me genuinamente grata e ainda mais esperançosa.

Talvez algum dia ele realmente me deixasse ir ou, pelo menos, desse-me liberdade suficiente para possibilitar minha fuga.

Obviamente, eu sabia que não podia depender disso. Todos os dias, Lucas passava uma parte das refeições interrogando-me. Apesar de eu ter conseguido bloqueá-lo até o momento, tinha receio de que ele perderia a paciência e usaria métodos mais certeiros para extrair informações.

Não fazia tanto tempo assim e eu já sentia a frustração dele aumentando.

— Você não deve nada a eles — disse ele em tom furioso quando me recusei a falar sobre a agência pela quinta vez. — Eles a pegaram quando você era uma criança! Que tipo de imbecis envia uma garota de dezesseis anos para uma cidade corrupta como Moscou e diz a ela para fazer sexo para obter segredos do governo? Caralho, Yulia... — Ele bateu com a palma da mão na mesa. — Como você consegue ser leal a esses filhos da puta?

Realmente, como? Eu queria gritar com ele, dizer-lhe que não entendia nada, mas permaneci em silêncio, olhando para o prato. Não havia nada que eu pudesse dizer que não expusesse Misha ao perigo e que arruinaria a vida dele. Minha lealdade não era com Obenko, com a agência nem com a Ucrânia.

Era com meu irmão, a única família que me sobrara.

Para meu alívio, Lucas deixou passar minha falta de resposta, mudando de assunto para a trama de um livro pós-apocalíptico que eu lera naquele dia. Discutimos o livro em grandes detalhes, como frequentemente fazíamos com livros e filmes, e concordamos que o autor fizera um bom trabalho ao explicar por que os cientistas não conseguiram evitar que a gosma cinza tomasse conta do mundo. A refeição terminou em um clima amigável, mas minha determinação de fugir foi reforçada.

Em algum momento, Lucas não aguentaria mais meu silêncio. E eu não gostaria de estar por perto quando isso acontecesse.

ulia

ENQUANTO EU PLANEJAVA A FUGA, PERCEBI QUE TERIA que enfrentar três obstáculos: o fato de estar amarrada quando Lucas não estava por perto, a segurança de nível militar do complexo e o próprio Lucas. Qualquer um dos três seria o suficiente para me conter, mas, ao combinar os três, a fuga era praticamente impossível.

Teoricamente, não deveria ser difícil. Quando Lucas estava em casa, ele normalmente me mantinha desamarrada, deixava-me comer à mesa e até mesmo fazer alguns exercícios para manter a forma. No entanto, ele sempre ficava de olho em mim durante aqueles momentos e eu sabia que não venceria uma batalha física entre nós. Mesmo se eu conseguisse pegar uma faca, ele provavelmente a tiraria de mim antes que fosse possível causar um ferimento grave. Uma arma seria diferente, mas eu não vira nada mais mortal do que uma faca de cozinha dentro da casa. Eu sabia que Lucas normalmente carregava armas, eu o vira com um fuzil no primeiro dia, mas ele provavelmente as deixava no carro ou em algum outro lugar fora da casa.

Ao contrário do que parecia, era mais provável que eu escapasse quando ele não estivesse por perto.

Para tanto, sempre que Lucas me amarrava, eu testava a corda para ver se ele deixara alguma folga. E, todas as vezes, eu descobria que não. As amarras estavam sempre apertadas o suficiente para me manter presa sem cortar a circulação. Eu não queria deixar marcas traiçoeiras na pele e não puxava a corda com muita força. Mesmo se eu conseguisse me soltar, ainda teria que passar pelas torres de guardas e atravessar uma selva patrulhada pelos homens de Esguerra e drones de alta tecnologia... supondo que Lucas não me pegasse antes que eu chegasse tão longe.

Para que eu tivesse alguma chance, precisava de meu carrasco bem longe. E precisava saber o cronograma das patrulhas.

Comecei a tentar obter o cronograma de Lucas quando estávamos deitados na cama, relaxados e satisfeitos depois de uma longa sessão de sexo.

— Como você conseguiu isto? — perguntei ao correr os dedos sobre um ferimento nas costelas dele.

— O complexo não foi atacado, foi?

Minha preocupação era apenas parcialmente fingida. A ideia de Lucas se ferir de alguma forma me incomodava. Ele parecia invulnerável, cada centímetro do corpo cheio de músculos fortes, mas eu sabia que isso não o salvaria de uma bomba ou de uma arma. Na linha de trabalho dele, a expectativa de vida era muito mais curta do que a média, um fato que me deixava doente de preocupação quando pensava demais no assunto.

— Não, ninguém atacaria o complexo — disse Lucas, com um sorriso curvando-lhe os lábios. — Esse machucado é do treinamento, mais nada.

— Entendi. — Agindo por um impulso irracional, dei um beijo na área machucada antes de erguer o olhar para encontrar o dele. — Por que ninguém atacaria o complexo? Seu chefe não tem muitos inimigos?

— Ah, ele tem. — Os olhos de Lucas ficaram mais escuros quando ele deslizou a mão pelos meus cabelos e empurrou minha cabeça em direção ao seu estômago. — Mas eles seriam suicidas se viessem aqui. A segurança é grande demais. E agora... — ele empurrou minha cabeça em direção à ereção crescente — quero você.

Escondendo meu desapontamento, fechei os lábios em volta do pênis e chupei com força, como ele gostava.

Lucas era esperto demais para me dar os detalhes sobre a segurança de que eu precisava... o que significava que teria que pensar em alguma outra coisa.

À MEDIDA QUE OS DIAS SE PASSAVAM SEM QUE EU chegasse mais perto de um plano de fuga viável, consolei-me com o fato de que estava usando o tempo para me recuperar das provações que passara na prisão russa e reconstruir minhas forças. Entre ficar sentada a maior parte do dia e consumir cada migalha de comida que Lucas colocava à minha frente, não importava o quanto fosse entediante, lentamente eu engordava e meu corpo recuperava as curvas que perdera durante as semanas de fome. Depois de nove dias na casa de Lucas, eu não era mais um esqueleto... e estava desesperada para comer alguma outra coisa além de sanduíches e cereal frio com leite.

— Sabe de uma coisa? Você realmente deveria me deixar tentar cozinhar — disse eu depois de comer mais um sanduíche no almoço. — Posso fazer omeletes, sopa, frango, carneiro, purê de batatas, saladas, arroz, sobremesas, o que você quiser. Se não confia em mim com uma faca, pode me ajudar cortando os ingredientes. Só acrescentarei temperos e coisas assim. Você estará perfeitamente seguro... a não ser que guarde veneno para ratos na cozinha.

Ele riu, fazendo-me pensar que ignoraria minha oferta. Mas, naquela tarde, ele chegou com várias caixas de comida, incluindo frutas e legumes, dois tipos de peixe fresco, vários frangos inteiros, uma dezena de costelas de carneiro e uma coleção enorme de temperos.

— De onde veio isso tudo? — perguntei, observando as caixas atônita. Havia o suficiente nelas para alimentar cinco pessoas... supondo, claro, que alguém soubesse preparar as comidas.

— Esguerra recebe entregas semanais e peguei algumas caixas para nós — respondeu Lucas. — Acho que está na hora de testarmos suas habilidades na cozinha.

Não consegui esconder a alegria. — Você vai confiar em mim na cozinha?

— Vou confiar em você para me orientar. — Ele sorriu. — Você ficará sentada ali... — ele apontou para a mesa da cozinha — e me dirá exatamente o que fazer. Seguirei suas ordens e quem sabe? Talvez eu aprenda alguma coisa.

— Ok — concordei, muito empolgada com a ideia de dar ordens a Lucas. — Posso fazer isso. Vamos começar guardando tudo. E, amanhã, faremos costelas de carneiro com batatas temperadas com alho e salada verde.

 ucas

Enquanto descascava batatas e picava alho sob as orientações de Yulia, ela ficava sentada na cadeira da cozinha, com os olhos azuis brilhando divertidos.

— Você sabe que não precisa tirar metade da batata com a pele, certo? — Sorrindo, ela olhou para a pilha de batatas deformadas sobre o balcão. — Nunca fez isso antes?

— Não — respondi, fazendo o possível para não cortar demais a batata que tinha nas mãos. Era mais difícil do que parecia. — E agora sei o motivo.

— Eles não fizeram você descascar batatas na marinha?

— Não, isso é coisa do passado. Tínhamos empresas privadas que cuidavam dos refeitórios.

— Entendi. Bem, você precisa de um descascador de batatas — disse ela, cruzando as pernas longas. — Como com tudo, uma ferramenta especializada ajuda.

— Um descascador, entendi. — Fiz uma anotação mental para comprar um. Também fiz o possível para manter os olhos afastados daquelas pernas nuas que me distraíam. Quatro dias antes, eu finalmente comprara algumas roupas para Yulia, mas eram da variedade de verão e agora percebi meu erro.

Vestindo uma camiseta curta que deixava o abdômen à vista e uma bermuda *jeans* minúscula, o corpo cheio de curvas de Yulia era impossível de ignorar.

— Está bem, acho que chega de batatas — disse ela, levantando-se. Os chinelos, o único par de calçados que eu lhe dera, fizeram um ruído no chão quando ela se aproximou de mim. — Agora, precisamos pegar o alho, misturá-lo com salsa, sal e pimenta, e depois colocar tudo em uma frigideira. Você tem azeite, certo?

— Azeite. Sim. — Peguei um frasco de azeite de oliva de um armário à minha esquerda. — Devo derramar sobre as batatas?

Ela encostou o quadril na beirada do balcão. — Você está brincando, não está?

Franzi a testa, sem gostar do escárnio.

Ela caiu na gargalhada. — Lucas, sério, você nunca tentou fritar nada na vida?

— Nada que desse para comer depois — admiti em

tom rabugento. — Acho que tentei uma ou duas vezes e depois desisti.

— Ok. — Yulia conseguiu parar de rir por tempo suficiente para explicar: — Você derrama o azeite na *frigideira*. Não, não tanto assim... — Ela pegou o frasco da minha mão antes que eu conseguisse derramar mais do que um quarto do conteúdo. Rindo histericamente, ela pegou um papel toalha e mergulhou-o no azeite, retirando o excesso. — Não vamos mergulhar as coitadas das batatas no azeite — explicou ela quando conseguiu falar de novo.

— Está bem — disse eu, observando enquanto ela pegava as batatas e o alho, colocando tudo na frigideira. Os movimentos dela eram rápidos e firmes, e as mãos magras se moviam com economia graciosa.

Ela não mentira quando dissera que sabia o que estava fazendo.

— Que pena que não temos salsa fresca — disse ela, pegando um dos frascos da prateleira de temperos. — Mas acho que a salsa desidratada também dará certo. Na próxima vez, se você gostar desse prato, acha que conseguiria algumas ervas frescas?

— Claro. — *Ervas frescas.* Fiz mais uma anotação mental. — Posso conseguir qualquer coisa.

— Ótimo. Agora, se não se importa, eu mesma vou temperar isto aqui. As batatas ficarão ruins se você derramar todo o saleiro sobre elas. — Ela parecia prestes a começar a rir de novo.

— Claro — disse eu, escondendo atrás de mim a

faca que usara para descascar as batatas. — Esta confusão é toda sua.

E, pela meia hora seguinte, observei enquanto Yulia andava de um lado para o outro na cozinha, cantarolando baixinho. Ela temperou e fritou as batatas, mergulhou as costelas de carneiro em uma espécie de molho de temperos e lavou os ingredientes da salada. Ela praticamente vibrava com energia e, pela primeira vez, percebi como vira pouco aquele lado dela, como normalmente agia de forma subjugada na minha presença.

Obviamente, isso não era surpresa. Apesar de eu não a ter machucado, ela era minha prisioneira. E eu sabia que ela não confiava em mim. Não importava o quanto eu insistisse para obter respostas, ela mudava de assunto ou recusava-se a responder. Isso me deixava frustrado, mas forcei-me a ser paciente.

Quando Yulia percebesse que eu realmente não tinha intenção de machucá-la, veria a luz e entregaria as pessoas que tinham acabado com a vida dela. Por enquanto, só o que eu podia fazer era mantê-la razoavelmente confortável — e contida — até que os rastreadores chegassem.

— Pronto — disse ela quando o alarme do forno tocou. Com um sorriso largo, ela se abaixou para tirar as costelas de carneiro de dentro dele e senti o pênis enrijecer com a visão do traseiro dela naquela bermuda minúscula.

Se o carneiro não tivesse um aroma tão delicioso, eu teria arrastado Yulia para a cama naquele minuto.

Enquanto ela levava a travessa para a mesa, tive que respirar fundo várias vezes para me controlar. Era ridículo. Eu sempre gostara muito de sexo, mas, com Yulia, era como um adolescente assistindo ao primeiro filme pornô. Eu queria trepar com ela o tempo inteiro e, não importava quantas vezes a possuísse, o desejo não diminuía.

No mínimo, só aumentava.

Precisei respirar fundo mais algumas vezes para conter a ereção o suficiente para ajudá-la a preparar a mesa. Yulia já tinha arrumado a salada em uma travessa e colocado a frigideira com as batatas sobre uma toalha dobrada no centro da mesa. Supus que ela usara a toalha para evitar que a panela quente queimasse a superfície da mesa, uma solução inteligente que a governanta dos meus pais também usara.

Finalmente, sentamo-nos para comer.

— Yulia, está uma delícia — disse eu depois de devorar metade do prato em menos de um minuto. — A melhor coisa que comi em muito, muito tempo.

Ela abriu um sorriso feliz e pegou a costela de carneiro do próprio prato. — Que bom que gostou.

— Se gostei? Adorei. — Eu não me lembrava de quando fizera uma refeição tão satisfatória. As batatas eram um acompanhamento perfeito para o carneiro e a salada verde. — Se eu pudesse, comeria isto três vezes ao dia.

O sorriso de Yulia ficou mais largo. — Ótimo. Pensei em fazer também uma sobremesa, mas imaginei que ficaríamos cheios demais com a comida. Em vez disso, vamos comer uvas.

— Como quiser — murmurei com a boca cheia de batatas. — Está tudo certo.

Ela riu e voltou a comer. Fizemos a refeição em um silêncio fácil e amigável. Quando a maior parte da comida fora devorada, guardei o que sobrou e lavei as louças. Fiz isso de forma automática, sem pensar, e só quando me sentei para comer as uvas que percebi como estava contente.

Não, mais do que contente.

Eu estava feliz.

A combinação da refeição deliciosa, do sorriso largo de Yulia e da ideia de levá-la para a cama me fez realmente gostar da noite. E percebi, ao pegar algumas uvas, que não era apenas aquele dia.

A semana anterior, desde o momento em que eu decidira manter Yulia, fora a mais feliz na minha memória recente.

— Então, Lucas — disse Yulia antes que eu conseguisse digerir aquela revelação —, diga-me uma coisa... — Os lábios dela se contorceram com um sorriso mal suprimido. — Como você chegou até este ponto da vida sem nunca descascar uma batata?

Coloquei uma uva na boca enquanto considerava a pergunta. — Acho que fui muito mimado — disse eu depois de engolir a uva. — Tínhamos uma governanta, portanto, nenhum dos meus pais fazia tarefas domésticas nem me forçavam a fazê-las. Mais tarde, quando eu estava na marinha, comíamos o que era servido. E, depois disso... — Dei de ombros, lembrando-me dos dias difíceis em que ficara acampado na selva com pequenos grupos de homens tão sem lei e tão desesperados quanto eu. — Acho que eu só via a comida como sustento. Desde que não passasse fome, não pensava muito no assunto.

— Entendi. — Ela me olhou pensativa. — O que o fez decidir sair de casa? É uma mudança muito grande sair de uma família com uma governanta para entrar para a marinha.

— Acho que sim. — Meus pais certamente acharam que eu era louco. — Só pareceu a coisa certa a fazer naquelas alturas da vida.

— Por quê? — Yulia pareceu genuinamente confusa. — Não há alistamento obrigatório nos Estados Unidos. Sentiu-se chamado para defender seu país?

Eu dei uma risada. — Algo assim. — Eu não pretendia contar a ela sobre o valentão que eu matara em uma estação do metrô do Brooklyn nem sobre como passara mal ao ver o sangue dele nas minhas mãos. Ela já tinha medo de mim e não precisava saber que eu me tornara um assassino aos dezessete anos.

— Foi muito admirável da sua parte — disse Yulia, mas percebi o ceticismo na voz dela. — Foi um autossacrifício grande.

— É, bem, alguém tinha que fazer isso. — Mordi outra uva, deixando que o suco doce e gelado descesse pela garganta. Eu queria que ela mudasse de assunto e acrescentei: — Como alguém tinha que ser espiã, certo?

De forma previsível, ela ficou séria e em seu rosto

apareceu a expressão velada que sempre surgia quando eu chegava perto demais daquele assunto. — Quer um pouco de chá? — perguntou ela, levantando-se. — Vi que havia chá preto em uma daquelas caixas.

Recostei-me na cadeira, observando-a. — Claro. — Eu poderia contar nos dedos de uma mão as vezes em que tomara chá, mas aceitei porque lembrei-me de Yulia bebendo chá no restaurante em Moscou onde nos conhecemos. — Aceito uma xícara.

Ela colocou água para ferver e separou duas xícaras com movimentos tão graciosos como sempre. Tudo nela era gracioso, lembrando-me de uma dançarina.

— Você já estudou balé? — perguntei quando a ideia me ocorreu. — Ou é um estereótipo sobre as garotas do leste europeu?

Yulia se virou para me encarar com uma xícara em cada mão. — É um estereótipo — disse ela. A expressão tensa em seu rosto se dissipou. — No meu caso, entretanto, é verdade. Meus pais me colocaram em aulas de balé quando eu tinha quatro anos. Eles acharam que isso me ajudaria a superar a timidez.

— Você era uma criança tímida?

— Muito. — Ela andou de volta até a mesa. — Eu não era uma criança bonita, longe disso. As outras crianças frequentemente me humilhavam.

— É mesmo? Não consigo imaginar você sem ser linda. — Aceitei a xícara que Yulia me entregou. — Como alguém passa de uma criança feia para a mulher mais gostosa que já conheci?

O rosto dela ficou vermelho. — Não exatamente

Helena de Troia. — Ela se sentou, segurando a xícara com as duas mãos. — Minha mãe era bonita e acho que herdei alguns dos genes dela. Eles só apareceram mais tarde, depois que passei pela puberdade. Ah, e o aparelho nos dentes também ajudou. — Ela abriu um sorriso largo que mostrou os dentes brancos perfeitos.

— Sim, aposto que sim — disse eu secamente. — Da feiura total para totalmente linda, simples assim.

Ela deu de ombros, corando novamente, e tive uma imagem mental súbita dela como uma criança tímida.

— Aposto como você era bonita — disse eu, estudando-a. — Com esses cabelos loiros e os olhos azuis grandes. Você só não percebia. Foi por isso que tiraram você do orfanato, não foi? Porque viram seu potencial?

Yulia enrijeceu o corpo e eu percebi que chegara novamente perto demais do assunto proibido. Meu humor piorou quando pensei no fato de que, nos últimos dias, não fizera progresso nenhum com ela. Yulia podia sorrir para mim, cozinhar para nós dois e aceitar-me dentro de seu corpo, mas ainda não confiava em mim nem um pouco.

— Yulia. — Movi a xícara de chá para o lado. — Você sabe que não pode continuar assim para sempre, certo? Você terá que conversar comigo um dia.

Ela olhou para dentro da própria xícara. A linguagem corporal dela praticamente gritava para que eu recuasse.

— Yulia. — Mal conseguindo conter meu temperamento, levantei-me, dei a volta na mesa e

levantei Yulia. Segurando os braços dela, eu a encarei.
— Quem são eles?

Ela permaneceu em silêncio, abaixando os cílios para esconder os pensamentos.

— Por que não me conta sobre eles?

Ela não respondeu, mantendo o olhar em algum ponto do meu pescoço.

Apertei um pouco mais os braços dela. Yulia se encolheu, ficando tensa. Percebendo que eu a machucara inadvertidamente, forcei-me a abrir os dedos e deixei as mãos caírem ao lado do corpo. Eu estava ficando furioso, o que não era bom. O fato de não estar disposto a torturá-la significava que precisava ganhar a confiança dela para obter respostas. E aquela certamente não era a forma de conseguir isso.

Respirando fundo para recuperar o controle, ergui a mão e prendi os cabelos dela atrás da orelha, tendo o cuidado de manter o gesto gentil e não ameaçador. — Yulia. — Acariciei o rosto dela com a parte de trás dos dedos. — Querida, eles não merecem sua lealdade. Eles arruinaram sua vida. O que fizeram com você foi errado, não percebe? Eu lhe disse que vou protegê-la, deles e de qualquer outra pessoa que queira feri-la. Você não precisa ter medo de falar comigo. Não vou entregá-la depois que tiver essa informação, dou a minha palavra.

Ela ergueu o olhar para encontrar o meu. — E o que você fará se eu lhe contar sobre eles? O que acontecerá com a agência?

Suprimi um sorriso contente. Fora o mais próximo que ela chegara de ceder. — Nós cuidaremos deles.

— Da mesma forma como cuidaram da Al-Quadar? — Os olhos dela estavam arregalados com o que parecia ser curiosidade e esperança. — Vai matar todos eles?

— Sim, você estará segura contra eles. Quando terminarmos, ninguém conectado à organização estará por perto para machucá-la. — A intenção das minhas palavras era de reconforto, uma promessa de coisas melhores no futuro. Mas, enquanto falava, vi a cor sumir do rosto de Yulia.

Ela saiu de perto de mim, abaixando os cílios para esconder novamente o olhar, e uma suspeita súbita me atingiu.

— Yulia. — Segurei o braço dela quando ela se virou para sair da cozinha. Virando-a para que olhasse para mim, olhei para o rosto pálido dela. — Você está protegendo a agência? Está protegendo alguém lá?

Ela não disse nada, mas percebi a tensão em seu rosto, o medo que tentava tanto esconder. Aquilo ia além de simples lealdade a um empregador, além da preocupação com colegas de trabalho.

Ela estava aterrorizada por eles, como alguém estaria por uma pessoa que amava.

Atônito, soltei o braço dela e dei um passo atrás. Eu não sabia por que aquela possibilidade nunca me ocorrera. Eu estivera tão preocupado com a ideia de que tinham fodido com a vida dela que nunca imaginei que talvez houvesse alguém de quem Yulia gostava na Ucrânia.

Que talvez ela tivesse um amante que não fosse parte de uma missão.

Passei o restante da noite no piloto automático. Esguerra e eu tivemos outra chamada tarde da noite com a Ásia. Amarrei Yulia no meu escritório, deixando-a ler enquanto cuidava dos negócios. Ela estava incomumente desconfiada perto de mim, observando-me como se eu fosse atacá-la a qualquer momento. O medo dela fez com que a raiva fervesse dentro do meu peito. Precisei de todo o controle para entregar um livro a ela e sair do escritório sem agarrá-la para exigir respostas.

Sem recorrer à violência que não podia e que não usaria contra ela.

Enquanto eu ouvia os fornecedores da Malásia discutirem sobre a qualidade do último lote de explosivos plásticos, tentei evitar que meus pensamentos voltassem para minha prisioneira, mas foi impossível. Agora que a ideia estava alojada na minha mente, eu não conseguia me livrar dela.

Um amante. Um homem de quem Yulia gostava e que queria proteger.

A simples ideia me encheu de uma fúria assassina. Quem era ele? Outro agente da agência dela? Talvez alguém que ela conhecera durante o treinamento? Não estava fora de questão. Ela devia ter sido muito jovem quando o conhecera, mas garotas naquela idade se apaixonavam o tempo todo. Talvez ele fosse outro aluno, alguém que se tornara próximo a ela por compartilharem as mesmas experiências. Ou talvez fosse mais velho, um instrutor ou um agente já treinado. Kirill não devia ser o único que notara o patinho feio transformando-se em um belo cisne.

Quanto mais eu pensava no assunto, mais provável parecia. Talvez eles tivessem se conhecido durante o treinamento dela e continuado o romance depois disso. Só porque o trabalho de Yulia envolvia se aproximar de homens, não significava que não pudesse ter um relacionamento genuíno nos bastidores. E, se tivera um, outro agente seria a opção mais lógica para um amante. Alguém da organização teria entendido a profissão dela e teria perdoado o que ela tinha que fazer.

Teria aceitado que me deixasse trepar com ela enquanto estava apaixonada por *ele*.

O lápis com o qual eu estivera brincando durante a chamada quebrou nas minhas mãos e o ruído foi alto na pausa durante a conversa. Esguerra ergueu as sobrancelhas, lançando-me um olhar frio, e forcei minhas mãos a se abrirem para soltar os pedaços do lápis.

Eu não podia ceder àquela raiva. Não podia me permitir perder o controle. Eu precisava encontrar uma nova estratégia, algo que não dependesse de Yulia confiar em mim.

Se estivesse certo sobre o amante dela, Yulia nunca me daria as respostas que eu buscava.

Ela protegeria a agência porque ele era parte dela.

YULIA AINDA ESTAVA LENDO QUANDO ENTREI NO escritório, com os cabelos loiros caídos sobre as páginas abertas de um suspense de Michael Crichton. Ela segurava o livro no colo, a única posição que as cordas que a prendiam à poltrona permitiam.

Ao ouvir minha entrada, ela olhou para cima com olhar desconfiado. Ela esperava que eu a pressionasse para obter informações e seu medo foi como gasolina nas chamas da minha fúria.

Eu nunca desapontaria minha prisioneira.

— Por que você os está protegendo? — Atravessei o escritório e parei na frente dela. Minha voz estava gelada, apesar de a raiva que me percorria as veias ser quente suficiente para queimar. — O que eles significam para você?

O olhar de Yulia desceu para o meu abdômen. — Não sei do que está falando.

— Não minta para mim. — Abaixei-me à frente dela para que meus olhos estivessem no nível dos dela. Estendendo a mão, segurei o maxilar dela e forcei-a a olhar para mim. — Você não quer que acabemos com a sua agência. Por quê?

Ela continuou em silêncio enquanto mantinha meu olhar.

— Há alguém lá que você está protegendo?

Seus olhos se arregalaram ligeiramente e percebi um toque de pânico nas profundezas azuis. — Não, claro que não — respondeu ela rapidamente.

Ela estava mentindo. Eu sabia disso, mas decidi fazer seu jogo. — Então por que não fala comigo?

— Porque eles não merecem sua vingança. — As palavras saíram atropeladas, rápidas e desesperadas. — Eles só estavam fazendo seu trabalho, protegendo nosso país.

— Então só se trata de patriotismo de sua parte? É o que está me dizendo?

— É claro. — Uma veia pulsou visivelmente no pescoço dela. — Por que mais eu faria isso?

— Talvez porque eles a levaram quando era criança. — Apertei o maxilar dela um pouco mais. — Porque a única chance que eles lhe deram foi ser uma puta em nome deles ou apodrecer no orfanato.

Yulia se encolheu ao ouvir as palavras duras e seus olhos se encheram de lágrimas. Parei, lutando contra uma onda de raiva. Percebendo que meus dedos se enterravam na pele dela, afastei a mão e deixei-a cair no colo. Minha mão imediatamente se curvou em um punho fechado e ela se encolheu contra a poltrona, como se estivesse com medo de que eu a golpeasse.

Relaxei a mão com esforço. — Yulia. — Consegui deixar meu tom moderado. — Eles são malditos monstros. Não sei como você não consegue ver isso.

Ela fechou os olhos e vi uma lágrima descer pelo seu rosto. — Não é tão simples assim — sussurrou ela, abrindo os olhos novamente. — Você não entende, Lucas.

— Não? — Incapaz de resistir, ergui a mão e limpei a lágrima do rosto dela. Meu toque foi quase gentil, pois o pior da minha fúria violenta desapareceu com a visão das lágrimas. — Então explique para mim, linda. Faça-me entender.

— Não posso. — Outra lágrima escapou. — Desculpe, mas não posso.

— Não pode ou não quer? — Havia apenas um motivo em que eu conseguia pensar para o silêncio dela. Minhas suspeitas estavam corretas. Yulia estava protegendo alguém... alguém sobre quem não podia me contar porque sabia o que aconteceria se eu descobrisse a existência dele.

Porque ela sabia que ele morreria pelas minhas mãos.

Ela não respondeu à minha pergunta. Em vez disso, falou baixinho: — Posso usar o banheiro? Preciso muito.

Eu a encarei, sentindo a fúria aumentar. Em menos de cinco dias, eu iria para Chicago e ainda não estava perto de conseguir respostas.

Eu nunca chegaria perto disso enquanto ela o amasse.

Ao olhar para o rosto dela cheio de lágrimas, tive uma ideia, que teria descartado anteriormente por ser cruel demais. Agora, no entanto, com essa nova informação alimentando minha raiva, não consegui ver outro caminho. Eu não podia manter Yulia presa na minha casa para sempre. Em algum momento, teria que lhe dar mais liberdade. E, quando isso acontecesse, eu precisava ter certeza de que ela não poderia fugir e esconder-se.

Eu precisava garantir que ela não pudesse voltar para *ele*.

Colocando a mão no bolso, peguei o canivete e cortei as cordas enquanto ela me observava, pálida e visivelmente aterrorizada.

Colocando uma máscara dura e impassível no rosto, segurei o braço magro dela e puxei-a para que se levantasse. — Vamos — disse eu em tom gelado.

Enquanto eu a conduzia pelo corredor, minha determinação aumentou.

Era hora de tirar as luvas.

De uma forma ou de outra, Yulia falaria naquela noite.

ulia

Meu coração bateu mais forte ao andarmos em silêncio até o banheiro. Eu conseguia sentir a raiva de Lucas. Era diferente do que eu vira antes, quando ele estivera mais frio e mais controlado. Agora, ele estava furioso e determinado, o que me deixou ainda mais assustada do que se apenas explodisse.

Ele me deixou entrar no banheiro sozinha, como sempre, e fechei a porta atrás de mim, encostando nela para me recompor e acalmar o coração frenético. O que eu comera no jantar parecia um tijolo no meu estômago. Eu não sentira terror em mais de uma semana, o que fora o suficiente para que esquecesse como podia ser poderoso.

Ele mentiu. Ele mentiu quando prometeu que não me machucaria. Percebi a intenção sombria no rosto dele e senti a violência mal contida em seu toque.

Ele faria algo comigo naquela noite... algo terrível.

Sentindo-me enjoada, usei o banheiro e lavei as mãos, fazendo os movimentos necessários apesar do pânico. A traição de Lucas era como uma lança atravessada no meu peito. No começo, eu suspeitara que ele estivesse manipulando-me, mas, à medida que os dias passavam, lentamente comecei a perder a desconfiança natural, a acreditar que nosso acordo doméstico bizarro poderia continuar por algum tempo.

Comecei a torcer para que ele realmente não me machucasse.

Dura. Dura, dura, dura. A palavra russa para idiota era como um martelo na minha cabeça. Como eu podia ter sido tão idiota? Eu sabia o que Lucas era. Via os demônios que o motivavam. Meu carrasco era um homem que se afastara de um lar bom e seguro para embarcar em uma vida de perigos e violência, e não fora por amor ao país dele.

Ele fizera aquilo por causa de sua natureza... pois precisava encontrar uma saída para a escuridão interna.

Eu conhecera outros como ele. Meus instrutores. O próprio Obenko. Todos tinham o mesmo traço, essa incapacidade de ser parte de uma sociedade pacífica e de obedecer às leis. Era isso que os tornava tão bons em seu trabalho... e tão perigosos.

Quando não havia consciência, era fácil fazer o que fosse preciso.

— Yulia. — Uma batida na porta me assustou e percebi que estivera parada, absorta em pensamentos. — Terminou? — A voz profunda de Lucas interrompeu minha paralisia e agi, enterrando o medo sob uma onda de adrenalina.

— Quase — respondi, erguendo a voz para ser ouvida acima do barulho da água correndo. — Só preciso lavar o rosto.

Deixando a torneira aberta para mascarar o som dos meus movimentos, ajoelhei-me e abri o armário sob a pia. Lá, dentre rolos extras de papel higiênico e tubos de pasta de dente, estava o objeto que eu escondera para uma eventualidade como aquela.

Era um garfo de metal pequeno que eu roubara da cozinha dois dias antes, guardando-o no bolso da bermuda enquanto Lucas lavava as louças. Ele deixara o garfo dentro de uma gaveta na cozinha onde ficavam guardanapos e outros itens pequenos, provavelmente sem perceber. Eu o roubei enquanto pegava guardanapos limpos para a mesa e escondi-o, torcendo para que nunca precisasse usá-lo.

Bem, eu precisava dele agora. O garfo não era uma arma muito boa, mas era mais resistente do que uma escova de dentes de plástico.

Ignorando a parte de mim que se revoltou com a ideia de machucar Lucas, peguei o garfo, guardei-o no bolso de trás da bermuda e fechei o armário.

Eu não podia deixar que ele me dominasse.

A vida do meu irmão dependia disso.

Lucas me levou para o quarto, novamente conduzindo-me sem dizer uma palavra. Não cometi o erro de saltar sobre ele assim que saí do banheiro, pois não o pegaria de surpresa uma segunda vez. Em vez disso, andei o mais calmamente possível, tentando não me concentrar no garfo que parecia queimar um buraco no meu bolso. Eu sabia que Lucas sempre olhava para as minhas mãos e mantive-as relaxadas ao lado do corpo, lutando contra o instinto que me dizia para me proteger, para atacar *agora*.

— Tire a roupa — disse Lucas, parando em frente à cama. Os olhos pálidos estavam velados quando ele soltou meu braço e deu um passo atrás. Senti o desejo dele. Era sombrio e potente, apesar da raiva gelada evidente nas linhas duras de seu rosto.

Não seria uma sessão gentil de amor. Ele me machucaria.

Precisei de toda a força de vontade para puxar a camiseta curta por sobre a cabeça, deixando os seios nus e expostos ao olhar dele. Eu mal conseguia respirar por causa do nó na garganta, mas deixei a camiseta cair no chão e encarei-o sem me encolher. A pior coisa que eu poderia fazer era mostrar a ele como estava aterrorizada... e desesperada.

— O restante — disse Lucas quando parei. A expressão dele não mudou, mas percebi o volume crescente em sua calça. — Tire tudo... se não, tiro eu. — Os músculos do braço dele se flexionaram, traindo sua impaciência.

Forcei meus lábios a se abrirem em um sorriso provocador. — Ah, é? — Lentamente, muito lentamente, coloquei a mão sobre o zíper, torcendo para que minha mão não tremesse. — E como exatamente você fará isso?

Ao ouvir meu desafio, as narinas de Lucas se contraíram e ele fez exatamente o que eu esperava.

Ele estendeu a mão e segurou a cintura da minha bermuda, puxando-me contra o próprio corpo. Soltei um gemido, como se estivesse excitada pelo gesto rude. E, enquanto ele estava distraído, coloquei a mão direita no bolso traseiro da bermuda, peguei o garfo e ataquei.

Em um borrão, minha mão voou na direção do rosto dele, mirando o garfo no olho dele, ao mesmo tempo em que ergui o joelho, mirando em seus testículos. Cada golpe poderia desorientá-lo por alguns momentos cruciais e os dois juntos talvez me dessem tempo suficiente para correr.

Deveria ter dado certo — com qualquer outro homem, teria dado certo. Mas Lucas não era como qualquer outro homem. Apesar de eu agir depressa, ele foi ainda mais rápido. Em uma fração de segundo, ele se desviou. O garfo atingiu a bochecha dele e meu joelho bateu na parte de dentro de sua coxa. Em seguida, ele torceu meu braço direito nas minhas costas em um movimento rápido e violento. Os dedos dele apertaram meu pulso, deixando minha mão amortecida. O garfo escapou dos meus dedos e, no instante seguinte, eu estava deitada de bruços sobre a cama com o corpo grande dele sobre mim. Senti a ereção pulsando contra meu traseiro, senti a raiva e o desejo irradiando dele. Um medo antigo me invadiu, com as lembranças doentias soterrando-me.

Não. Por favor, não. Eu não conseguia me mexer, não conseguia respirar. Eu estava presa enquanto mãos masculinas rudes arrancavam minhas roupas. O homem em cima de mim queria me punir, queria me machucar. Lutei, mas não consegui fazer nada. O pânico sombrio me invadiu, deixando-me fora de controle.

— Não, por favor, não! — Eu mal estava consciente dos meus gritos, das súplicas que saíam da minha garganta. Só o que sentia era as mãos dele puxando a bermuda para baixo e os joelhos sobre minhas coxas para me manter imóvel. Não havia gentileza no toque dele, apenas desejo primitivo e vingativo. O terror me consumiu quando os dedos dele invadiram meu corpo, investindo violentamente enquanto eu gritava e soluçava de dor.

— Pare, por favor, pare! — Não era mais Lucas sobre mim, não era mais o homem que me dera prazer. Era o monstro brutal dos meus pesadelos, o que me destruíra, corpo e alma. Minha consciência recuou, mergulhando no passado. — Não! Por favor, pare!

O monstro não parou, não ouviu. — Quem sou eu? — rosnou ele, mantendo o movimento implacável dos dedos. — Qual é o meu nome?

— Não, pare! — Eu me contorci sob ele, tomada pelo medo. Eu não entendia o que ele dizia, o que queria de mim. Eu precisava sair dali. Precisava que ele me soltasse. — Solte-me!

— Diga meu nome e pararei. — Havia algo errado com aquela frase, algo que deveria ter feito com que eu parasse, mas não conseguia pensar, não conseguia me concentrar em nada além do terror sombrio.

— Solte-me!

Os dedos dele me penetraram mais fundo e a voz era dura e cruel. — Diga meu nome.

— Kirill! — gritei, desesperada por um pouco de esperança, por menor que fosse. Eu faria qualquer coisa, diria qualquer coisa para fazê-lo parar.

Ele não parou. — Meu nome real inteiro.

— Kirill Ivanovich Luchenko!

— Quem sou eu?

— Meu treinador! — A escuridão me consumiu, ameaçando me destruir. — Por favor, pare!

— Seu treinador onde?

— Na UUR!

— O que é UUR? — O corpo dele me sufocou com o peso. — O que UUR quer dizer, Yulia?

— Ukrainskoye... — A estranheza de tudo aquilo finalmente penetrou meu terror e congelei. Minha mente se dividiu em agonia entre o presente e o passado. Aquilo não fazia sentido. Tudo estava diferente, tudo estava errado. Os dedos dentro de mim eram rudes, mas não estavam rasgando-me. E não havia cheiro de colônia.

Não há cheiro de colônia.

— O que quer dizer? — repetiu o homem. E, pela primeira vez, ouvi a tensão na voz profunda familiar.

Uma voz que falava em inglês.

Não. Ai, meu Deus, não. A percepção foi como uma flecha perfurando meus pulmões.

Não era Kirill que estava sobre mim.

Era Lucas.

Fora Lucas o tempo todo.

Ele fizera com que meu pesadelo virasse realidade e cedi.

Contei tudo a ele.

_ucas

Yulia ainda estava sob mim, com o corpo sacudido por tremores violentos. Percebi que ela não estava mais lá, naquele lugar antigo de seus terrores.

Ela estava de volta comigo.

Aquela vitória deveria ter sido satisfatória. O nome do ex-treinador e as iniciais da agência eram uma pista sólida. Nossos _hackers_ varreriam a internet e era apenas uma questão de tempo antes que encontrassem os chefes e o amante de Yulia.

Eu realizara a tarefa que queria concluir.

Exceto que, por algum motivo, não parecia uma vitória. Meu peito doía quando tirei os dedos do corpo de Yulia, e havia um vazio dentro de mim, um vácuo onde a raiva e o ciúmes viviam.

Eu a machucara. Não muito, talvez quase nada no sentido físico. Ela não estivera totalmente seca e tomei cuidado para não feri-la. Mas, mesmo assim, isso aconteceu.

Usei o horror do passado dela para fazê-la ceder. Sabendo do medo que tinha da violência sexual, eu a deixara assustada o suficiente para atacar e, em seguida, retaliara na forma que ela mais odiava.

Recriei as condições do pesadelo dela para trazer de volta aquela garota de quinze anos aterrorizada.

— Yulia. — Saí de cima dela e sentei-me. A dor no meu peito aumentou ao vê-la deitada lá, tremendo. Estendendo a mão, acariciei gentilmente as costas dela, incapaz de encontrar as palavras certas. A pele dela estava fria sob meus dedos e sua respiração era instável. — Querida...

Ela se afastou, contorcendo o corpo em uma bola pequena de membros nus. A bermuda ainda estava em volta dos joelhos dela, mas Yulia não pareceu perceber. Ela simplesmente se encolheu cada vez mais, como se estivesse tentando desaparecer.

— Venha cá, querida. — Não consegui me conter. Ela estava rígida quando a puxei para o meu colo, todos os músculos rígidos com tensão. Eu sabia que meu toque era a última coisa que ela queria no momento, mas não podia deixá-la lidar com a situação sozinha.

Mesmo sabendo do amor dela por outro homem, eu não podia deixar Yulia sozinha.

O rosto dela estava molhado contra meu ombro enquanto eu a abraçava, acariciando suas costas, seus cabelos, seus músculos tensos. O perfume da pele dela provocou minhas narinas, mas meu desejo estava enterrado no momento, deixando-me livre para me concentrar no conforto de Yulia. Com os joelhos encolhidos contra o peito, Yulia não parecia maior do que uma criança. O corpo inteiro dela cabia no meu colo. A fragilidade dela me atingiu, aumentando a pressão no meu coração. Eu não sabia o que fazer e simplesmente a abracei, deixando que meu calor aquecesse a pele gelada dela. Ela não se afastou, não lutou contra mim, o que era o suficiente por enquanto.

Tinha que ser o suficiente.

— Desculpe — murmurei quando os tremores dela começaram a diminuir. A palavra provavelmente soou tão vazia para ela como soou para mim, mas persisti, pois precisava que entendesse. — Eu não queria machucar você, mas tínhamos que sair desse impasse. Você nunca teria confiado em mim o suficiente para me contar sobre a UUR. E agora acabou. Está feito. Eu não machucaria você se falasse. E não vou. Vai ficar tudo bem.

Quando o amante dela estivesse morto, Yulia seria minha, só minha.

Yulia não disse nada, mas, depois de alguns minutos, a respiração dela normalizou e os tremores pararam. Até mesmo a pele dela parecia mais quente, apesar de o corpo ainda estar rígido nos meus braços.

— Está cansada, querida? — sussurrei, movendo a

mão nas costas dela em círculos pequenos e reconfortantes. — Quer dormir?

Ela não respondeu, mas senti que ficou ainda mais rígida.

— Não se preocupe, não vou encostar em você — disse eu, imaginando ser aquela a fonte da tensão dela. — Só vamos dormir, ok?

Ainda não houve resposta, mas eu não esperava nenhuma resposta àquela altura. Aconchegando-a contra o peito, levantei-me e carreguei-a para o outro lado da cama, colocando-a gentilmente sobre os lençóis. Yulia imediatamente rolou para longe de mim, enrolando-se no cobertor. Deixei-a quieta enquanto tirava minha roupa e pegava as algemas.

Deitando-me ao lado dela, afastei o cobertor e peguei seu pulso esquerdo. — Venha cá, querida. Você já sabe como deve ser.

Ela não resistiu quando fechei as algemas em volta do pulso dela e do meu. Deveria ser desconfortável dormir daquele jeito, com as algemas prendendo os dois pulsos, mas eu me acostumara tanto que já parecia inteiramente natural.

Assim que Yulia estava presa, puxei-a contra o peito, abraçando-a por trás. Quando encostei a virilha no traseiro dela, senti o material áspero contra o pênis nu e percebi que ela vestira a bermuda enquanto eu tirava a roupa. Considerei deixá-la dormir assim, mas, depois de mudar de posição algumas vezes para ficar mais confortável, estendi a mão para o zíper da bermuda dela.

— Só vou abraçar você — prometi, empurrando a bermuda pelas pernas dela enquanto Yulia permanecia deitada com o corpo rígido, mas sem resistir. — Você também ficará mais confortável.

Jogando a bermuda longe, puxei-a para a posição anterior, maravilhado ao perceber a forma perfeita com que o corpo nu se encaixava nos meus braços. Antes de conhecer Yulia, eu não tivera vontade de me aconchegar com uma mulher, mas, agora, não conseguia imaginar não a segurar enquanto pegava no sono.

Claro, eu normalmente segurava Yulia *depois* do sexo, percebi quando o pênis enrijeceu contra o traseiro dela. Dormir era muito mais fácil depois de trepar com ela pelo menos duas vezes.

Respirei fundo e imaginei-me rastejando pela lama nas montanhas do Afeganistão, com a umidade gelada penetrando minhas roupas. Quando isso não funcionou, pensei em meus pais e na forma como nunca se tocavam nem sorriam um para o outro, substituindo a preocupação com educação e a ambição mútua em lugar de uma ligação familiar saudável.

A última lembrança funcionou e a ereção reduziu o suficiente para que eu conseguisse relaxar. Ao mergulhar na escuridão do sono, sonhei com tortas de pêssego, anjos com longos cabelos loiros e um sorriso.

O sorriso brilhante e genuíno de Yulia.

ulia

— *É SUA CULPA, PIRANHA. TUDO CULPA SUA.*

Percebi que as palavras eram estranhamente distantes, mas o terror ainda me invadiu, apertando-me como se fosse um cobertor em chamas. Senti o homem sobre mim e gritei, lutando para evitar a invasão, a dor horrível.

— Não! Por favor, não!

— Shh, querida, está tudo bem. Você só está tendo um pesadelo.

Braços fortes me apertaram de leve, pressionando-me contra um corpo quente, e o terror sufocante diminuiu, fazendo com que as vozes cruéis sumissem. Soluçando de alívio, tentei me virar para ficar de frente para a pessoa que me segurava, mas algo duro segurou meu pulso esquerdo.

As algemas.

— Lucas?

— Sim, sou eu. — Lábios quentes encostaram na minha testa enquanto uma mão grande acariciava meus cabelos. — Estou aqui. Você está bem agora. Você está bem.

Ele está aqui. Alguma coisa nisso deveria me preocupar, mas, naquele momento, a única coisa de que eu tinha consciência era o conforto sedutor dele. Os braços fortes de Lucas estavam em volta de mim, segurando-me, protegendo-me na escuridão. O horror do sonho ficou cada vez mais distante, mergulhando novamente no passado.

Não havia Kirill. Havia apenas Lucas e ninguém poderia me tirar dele.

— Querida, você precisa parar de se mexer desse jeito. — A voz dele estava rouca e tensa. Percebi que eu me mexia contra ele para me enterrar ainda mais em seus braços. Com isso, meu traseiro esfregava contra a virilha dele... com resultado previsível.

O horror piscou à distância e o pânico retornou por um momento. Tentei me virar novamente, esconder meu rosto no peito largo dele, mas as algemas não deixaram.

— Shh, está tudo bem. Você está segura. — Senti um puxão e ouvi um barulho leve quando a chave girou, destravando as algemas. — Você não precisa ter medo. Está tudo bem.

Está tudo bem. O pânico recuou, especialmente quando consegui passar os braços em volta do corpo musculoso de Lucas e sentir o cheiro familiar dele, de pele masculina quente, de segurança, de força e de conforto. Enterrando o rosto no peito dele, passei a perna sobre seu quadril, querendo me enrolar nele como se fosse uma planta trepadeira. Ouvi-o gemer quando o pênis rígido encostou na minha barriga.

Alguma coisa naquilo também deveria ter me preocupado, mas, com a mente ainda lutando contra o sonho, não consegui descobrir o que era. Eu só o queria mais perto... o mais perto que duas pessoas conseguiam ficar.

— Trepe comigo — sussurrei, deslizando uma mão entre os dois corpos para segurar os testículos rígidos. — Por favor, Lucas, trepe comigo.

— Você... — A voz dele soou estrangulada. — Você me quer?

— Sim, por favor, Lucas. — Eu sabia que era ridículo implorar, mas eu precisava dele. Precisava que ele afastasse o horror. — Por favor... — Segurei o pênis e tentei alinhá-lo com meu sexo. — Por favor, trepe comigo. Por favor.

— Sim. Ah, caralho, sim. — Ele soou incrédulo ao deitar sobre mim, encaixando os quadris entre minhas pernas abertas. — O que você quiser, linda. O que... — ele investiu bem fundo — você quiser.

Nós dois gememos quando ele me penetrou totalmente, estendendo-me até o limite. Eu não estava molhada como normalmente, mas não me importei. O atrito quase doloroso, a força avassaladora da penetração súbita, era exatamente do que eu precisava. Não se tratava de sexo nem de prazer.

Era de ser dele.

— Yulia... — A voz dele saiu como um gemido torturado quando Lucas começou a se mover dentro de mim. — Caralho, querida, você é tão gostosa...

— Sim. — Passei as pernas em volta das coxas musculosas dele, fazendo com que me penetrasse ainda mais fundo. — Sim, desse jeito. Ai, meu Deus, bem assim.

Ele obedeceu, mantendo um ritmo forte e constante, e esqueci totalmente o desconforto inicial. Enquanto ele continuava a se mover, um calor selvagem me invadiu, um desejo que era puramente animal. Eu queria que ele trepasse comigo com força suficiente para me machucar, para me fazer gozar tanto que esquecesse meu próprio nome.

Eu queria que a selvageria dele destruísse meus demônios.

— Com mais força — sussurrei, enterrando as unhas nas costas dele. — Com mais força.

Ele ficou tenso, um tremor percorreu o corpo grande, e senti o pênis inchar ainda mais. Um rosnado baixo soou no peito dele. Lucas começou a se mover mais depressa, com o traseiro musculoso flexionando sob meus calcanhares. Cada investida era tão profunda que quase me partia em duas. Deveria ter sido demais, com força demais, mas meu corpo o aceitou. O calor dentro de mim ficava mais forte a cada investida dolorosa. Ouvi meus próprios gritos, senti a pressão explosiva acumulando-se e todos os meus medos evaporaram, deixando nada além de um prazer escaldante.

— Lucas! — Não percebi se gritei o nome dele ou se foi apenas na minha cabeça. Mas, naquele momento, ele soltou um grito rouco e senti-o gozar enquanto um êxtase intenso atingia minhas terminações nervosas. O orgasmo foi tão poderoso que meu corpo inteiro se arqueou para cima e vi pontos brancos no ar. Pareceu durar para sempre, com um espasmo atrás do outro. Depois de algum tempo, as ondas de prazer diminuíram e a consciência voltou lentamente.

Lucas estava deitado sobre mim, com o corpo grande coberto de suor. Quando registrei o peso dele sobre mim, ele rolou para o lado, puxando-me para que minha cabeça ficasse sobre seu ombro. Ficamos deitados naquela posição, ofegantes e exaustos demais para nos movermos. Quando meu coração começou a desacelerar, uma letargia pesada me invadiu.

— Durma bem, querida — ouvi-o sussurrar ao me puxar para mais perto. Fechei os olhos, sabendo que estava segura.

Eu pertencia a Lucas e ele manteria meus pesadelos afastados.

— BOM DIA, LINDA. — UM BEIJO GENTIL NO MEU OMBRO me acordou. — Quer um pouco de chá?

— O quê? — Abri os olhos e pisquei algumas vezes para remover a sonolência. Eu estava deitada de lado. Virei o corpo para ficar deitada de costas e olhei para Lucas... que estava parado ao lado da cama, já vestido e com o que parecia uma xícara fumegante na mão.

— Chá — disse ele. A boca dura se curvou em um sorriso. — Fiz um pouco para você. Espero que tenha ficado bom.

— Ahm... — Meu cérebro ainda não estava funcionando completamente. Sentei-me e tentei entender o que estava acontecendo. — Você fez chá?

— Sim. — Lucas se sentou na beirada da cama e cuidadosamente entregou-me a xícara. — Aqui está. Eu não sabia quanto tempo deveria deixar, mas havia instruções na caixa. Portanto, espero que esteja bom.

— Ahã. — Peguei a xícara da mão dele e tomei alguns goles. O chá estava quente o suficiente para queimar a língua, mas o gosto familiar do chá preto me reviveu, afastando a confusão mental. Lentamente, tudo começou a voltar.

Lucas como Kirill. Contei a ele sobre a UUR.

A xícara tremeu na minha mão e o líquido quente derramou nos meus seios nus.

Assustada com a dor súbita olhei para baixo e ouvi Lucas xingar ao tirar a xícara de mim. Ele a colocou sobre a mesinha de cabeceira antes de secar meu peito com um canto do lençol. — Merda. Yulia, você está bem?

Eu o encarei, sentindo a pele ficar fria apesar da queimadura do chá. — Quer saber se eu estou bem? —

Lembrei de tudo. Da forma como ele me fizera ceder. Da forma como me abraçara depois. Do pesadelo. De agarrar-me a ele na escuridão.

De pedir... não, de *implorar* para que ele trepasse comigo.

O rosto de Lucas ficou tenso. — Você se queimou muito?

— Não. — O frio dentro de mim aumentou, amortecendo o terror doentio que fluía pelas minhas veias. — Não me queimei.

Pelo menos, não com o chá.

Virando-me, levantei o cobertor e procurei a bermuda que ele jogara longe quando fomos dormir. Era algo em que me concentrar, algo a fazer. Além do mais, eu precisava da roupa. Ela era como um escudo e eu precisava dela.

Eu precisava me agarrar a alguma coisa para permanecer sã.

Como eu podia ter procurado Lucas depois daquele sonho horrível, quando apenas horas antes ele o transformara na minha realidade? Como eu podia ter desejado um homem que me partira daquela forma? Era como se eu tivesse escondido o que ele fizera, suprimido tudo com a necessidade desesperada de conforto.

Na minha necessidade egoísta, eu me agarrara ao homem que destruiria meu irmão.

— Yulia. — Lucas estendeu a mão, mas eu me afastei. Meus dedos finalmente encontraram a bermuda e eu a peguei antes de saltar da cama pelo lado oposto. Eu sabia que não tinha para onde ir, mas não podia deixá-lo encostar em mim ainda.

Eu desmoronaria de novo.

— O que você está fazendo? — perguntou ele quando vesti a bermuda e fiquei de quatro no chão, procurando a camiseta que largara na noite anterior. — Yulia, o que diabos você está fazendo?

Ahá, achei! Ignorando a pergunta dele, peguei a camiseta, se fosse possível chamar assim o sutiã esportivo rendado. Todas as roupas que Lucas me dera eram assim: casuais, mas ridiculamente sensuais. No entanto, eram melhores do que nada. Portanto, vesti a camiseta e levantei-me, fazendo o possível para não olhar para ele.

Isso pareceu irritá-lo. Em um segundo, ele atravessou o quarto e parou à minha frente, fechando os dedos em volta do meu braço.

— Mas que merda, Yulia. — Lucas segurou meu queixo com a mão livre e forçou-me a olhar para ele. — Que jogo está fazendo?

— Eu? — Ao encontrar o olhar dele, uma pequena chama de raiva acendeu nas cinzas do meu desespero. — Você é o mestre dos jogos, Kent. Só estou acompanhando.

Ele franziu a testa. — Então a noite passada foi isso? Você me acompanhando?

— A noite passada foi um momento de insanidade. — Pelo menos, era a única forma que eu achara de explicá-la a mim mesma. Minha voz saiu dura e amarga quando acrescentei: — Além do mais, por que você se importa? Já tem o que precisa.

— Sim, tenho. — A expressão dele estava inescrutável. — Tenho o suficiente para acabar com a UUR.

Uma onda de náusea me deu vontade de vomitar. Não percebi se Lucas sentiu, mas ele soltou meu queixo e deu um passo atrás.

— Você ficará bem — disse ele com a voz estranhamente tensa. — Eu lhe disse que não ia matá-la nem fazer nada com você quando conseguisse as informações. E não vou fazer isso. Não há mais motivos para que você fique estressada. Acabou.

Eu o encarei, atingida pelo fato de que a ideia de Lucas me matar não cruzara minha mente na noite passada nem naquela manhã. Não pensei no que aconteceria comigo. Em algum momento, comecei a acreditar que meu carrasco não queria que eu morresse.

Comecei a confiar que a obsessão sexual dele comigo era real.

— Escute — disse Lucas quando permaneci em silêncio. — As coisas vão melhorar. Quando a UUR desaparecer, eu lhe darei mais liberdade. Você poderá andar sozinha pelo complexo, ir para onde quiser.

— É mesmo? — Apesar do meu desespero, quase ri alto. — E o que o faz pensar que não vou fugir?

Os cantos dos lábios dele se contraíram em um sorriso sombrio. — Porque você não chegaria muito longe se tentasse. Vou colocar alguns rastreadores em você.

Meu coração deu um salto. — Rastreadores?

Lucas assentiu, soltando meu braço. — O pessoal de Esguerra criou um novo protótipo. Por enquanto, por que não lhe dou uma pequena amostra de como será seu futuro e levo você para um passeio depois do café da manhã?

Um passeio. Em qualquer outro momento, eu teria ficado muito feliz. Mas, naquele instante, era só o que eu conseguia fazer para interagir com ele de uma forma seminormal.

Para agir como se meu mundo inteiro não estivesse prestes a ser destruído.

— Mas primeiro tomaremos café da manhã — disse Lucas quando permaneci imóvel. — Vamos. Vou levar você ao banheiro para sua rotina matinal.

Banheiro. Café da manhã. Eu queria gritar que ele era louco, que não poderia comer, mas fiquei de boca fechada e fiz o que me comandou. Eu precisava descobrir o que fazer, como consertar a bagunça terrível que fizera.

— De que tipo de rastreadores você está falando? — forcei-me a perguntar enquanto andávamos até o banheiro. — Implantes ou externos?

— Implantes. — Lucas parou em frente à porta do banheiro e olhou para mim. — Só alguns para mantê-la segura.

E garantir que ele sempre soubesse onde eu estava.

— Quando vai mandar colocá-los em mim? —

perguntei, tentando manter a voz estável. Se os rastreadores fossem difíceis de remover, como suspeitei, escapar seria praticamente impossível.

— Quando eu voltar de Chicago — respondeu Lucas. — Daqui a cinco dias, vou fazer uma viagem de duas semanas. Infelizmente, os rastreadores não chegarão antes disso, portanto, você terá que ficar presa durante esse tempo.

— Você vai embora? — Meu coração bateu mais depressa com uma esperança súbita. Se ele ficaria longe...

— Sim, mas não se preocupe. Há dois guardas em quem confio que ficarão de olho em você. — Ele sorriu, como se estivesse lendo minha mente. — Eles garantirão que você fique segura e confortável.

E ainda aqui quando eu voltar.

As palavras não ditas permaneceram no ar quando entrei no banheiro e fechei silenciosamente a porta atrás de mim. O plano de Lucas de me prender a ele deveria me aterrorizar, mas o medo nauseante que senti não tinha nada a ver com meu próprio destino.

Se os homens de Esguerra fossem atrás da UUR como tinha acontecido com outros inimigos, ninguém conectado à agência escaparia à fúria deles.

A família inteira de Obenko seria exterminada... e meu irmão junto com ela.

ucas

YULIA FICOU EM SILÊNCIO E RETRAÍDA ENQUANTO preparava o café da manhã e não tive dúvidas de que pensava nele, no homem que era dono de seu coração. Ela provavelmente estava imaginando o que aconteceria com ele, martirizando-se por saber que inadvertidamente o traíra. Eu queria segurá-la e ordenar que o tirasse da mente, mas isso só deixaria as coisas piores. Se ela percebesse que eu sabia da existência dele, talvez implorasse por sua vida. E era algo que eu não queria que acontecesse.

Eu mataria o filho da puta a qualquer custo e não queria que ela ficasse desnecessariamente chateada.

Na circunstância atual, não havia sinal do sorriso

contente do dia anterior, nenhuma brincadeira nem risadas enquanto ela andava pela cozinha. Com o incidente do garfo ainda fresco na mente, fiquei de olho nela para garantir que não escondesse mais nada. Supus que era arrogância da minha parte deixar que a prisioneira andasse pela casa, desamarrada e com acesso a coisas que poderiam ser usadas como armas. Eu tinha quase certeza de que conseguiria contê-la se percebesse o ataque, mas sempre havia a chance de que ela me pegasse de surpresa um dia.

Ela era perigosa, mas, como em uma missão desafiadora, isso só me deixava mais empolgado.

O café da manhã que Yulia preparou era simples: omelete com queijo e um prato de morangos como sobremesa. Teoricamente, eu poderia ter feito aquilo, exceto que meus ovos ficariam borrachentos ou aguados, e o queijo teria queimado na beirada da frigideira. Com Yulia, nada disso aconteceu. A omelete ficou leve, fofa e perfeitamente saborosa. Até mesmo os morangos estavam mais gostosos do que eu me lembrava.

— Está incrível — disse eu enquanto devorava a comida. Yulia assentiu em um reconhecimento silencioso do meu agradecimento. Além disso, ela não olhou para mim nem falou comigo.

Era como se eu não existisse.

O comportamento dela me enfureceu, mas contive a raiva. Eu sabia que merecia aquele tratamento silencioso. Eu podia não tê-la machucado fisicamente, mas isso não diminuía a gravidade do que fizera com ela.

Eu a torturara, usara seu pior medo para fazê-la ceder.

Irritado pela pontada aguda de culpa, levantei-me e lavei as louças, usando a tarefa rotineira para me distrair. No que me dizia respeito, eu estava fazendo um favor a Yulia de tirar o amante da vida dela. Era claro que ele não a merecia. Ele a deixara ir para Moscou para dormir com outros homens e deixara que ela apodrecesse na prisão russa por dois meses. Agente ou não, o homem era um fraco e ela estava melhor sem ele. Quando Yulia me procurara na noite passada, achei que, por algum milagre, ela me perdoara e decidira esquecer o amante. Mas agora eu percebia que era apenas uma esperança vã da minha parte.

Ela estivera traumatizada demais para saber o que estava fazendo.

— Pronta para passear? — perguntei, aproximando-me da mesa. Yulia estava tomando o chá e ainda não olhou para mim. — Tenho uma chamada em menos de duas horas e, se você quiser sair, tem que ser agora.

Ela se levantou, ainda em silêncio, e vi que seu rosto estava pálido. Ela estava chateada. Não, mais do que isso, estava arrasada.

A culpa me invadiu novamente e eu a afastei com esforço. — Venha cá — disse eu, pegando a mão dela. Os dedos magros estavam frios quando a levei para fora da cozinha. — Vamos sair pela porta de trás.

O quarto tinha uma porta que abria para o quintal

dos fundos da casa e usei aquela porta para evitar olhares bisbilhoteiros. Eu não queria ninguém vendo minha prisioneira do lado de fora e espalhando fofocas. Até que eu tivesse algo tangível para dar a Esguerra sobre a UUR, não queria espalhar nosso relacionamento. Meu chefe me devia um favor, mas seria melhor um acordo combinado: a cabeça de nossos inimigos juntamente com a notícia de que eu queria manter Yulia para mim mesmo.

— Lamento estar tão quente — disse eu ao sairmos. Eram apenas oito e meia da manhã, mas o lado de fora parecia uma sauna. Provavelmente choveria na hora seguinte, mas, por enquanto, o céu estava claro com poucas nuvens brancas. — Na próxima vez, sairemos mais cedo.

— Não, está tudo bem — disse Yulia, parando em uma clareira entre as árvores. Surpreso, olhei para ela e vi que seu rosto tinha agora um pouco de cor. Enquanto eu observava, ela fechou os olhos e inclinou a cabeça para trás. Ela parecia uma planta absorvendo a luz do sol e percebi que era exatamente o que fazia: aproveitava o sol, acolhendo seu calor.

— Você gosta daqui. — Não sei por que isso me deixou surpreso. Achei que fosse por imaginar que alguém da parte do mundo de onde ela viera estaria acostumado com o frio e odiaria o calor úmido da floresta tropical. — Você gosta do clima daqui.

Ela abaixou a cabeça e abriu os olhos para me encarar. — Sim — respondeu ela baixinho. — Gosto.

— Fico feliz. — Apertando a mão de Yulia, sorri

para ela. — Demorei um pouco para me acostumar, mas agora não consigo me imaginar morando em um lugar frio.

Ela não sorriu de volta, mas sua mão pareceu mais quente quando começamos novamente a caminhar, entrando mais na floresta que envolvia o complexo. A propriedade de Esguerra era imensa, estendendo-se por quilômetros pela floresta tropical densa. Nos anos 1980, Juan Esguerra, pai de Julian, processara grandes quantidades de cocaína ali, mas restaram poucos traços daquela atividade. A selva já engolira os laboratórios montados em barracos, com a natureza reclamando seu território com rapidez brutal.

— É muito bonito aqui — disse Yulia ao entrarmos em outra clareira. Vi que ela olhava para as flores tropicais que rodeavam um lago minúsculo a poucos metros de distância. Ela soou estranhamente saudosa.

Soltei a mão dela e virei-me para encará-la. — É o seu novo lar. — Erguendo a mão, prendi um cacho dos cabelos loiros atrás da orelha dela. — Quando tudo estiver resolvido, você poderá vir aqui sempre que quiser.

A intenção era que fosse uma declaração reconfortante, uma promessa de coisas boas que aconteceriam, mas o rosto dela ficou tenso e notei que ela estava novamente preocupada com o amante.

Filho da puta. Desejei que o homem já estivesse morto para que ela pudesse seguir a vida e esquecê-lo.

Relembrando-me de ser paciente, abaixei a mão e disse: — Este é um dos vários lugares bonitos da propriedade. Há também um lago bonito não muito longe daqui.

Yulia não respondeu. Ela se virou e andou até o lago. Os chinelos dela mal eram visíveis na vegetação densa. A visão das folhas verdes encostando nos tornozelos dela me fez perceber que deveria comprar sapatos adequados para que ela usasse naqueles passeios. Havia cobras ali e todos os tipos de insetos. Havia também animais selvagens, pois alguns guardas tinham informado ter visto jaguares por perto.

Subitamente preocupado, aproximei-me de Yulia e inspecionei a vegetação em volta. Não havia nada particularmente ameaçador e decidi deixá-la em paz. Ela parecia perdida em pensamentos enquanto olhava para a água, com a testa ligeiramente franzida. A luz do sol fazia com que seus cabelos brilhassem e notei, pela primeira vez, que alguns dos cachos tinham um tom dourado quase branco, enquanto que outros tinham uma cor de mel mais escura. As raízes tinham as mesmas cores, o que significava que os cabelos dela eram inteiramente naturais.

— Seus pais eram loiros como você? — perguntei casualmente, parando atrás dela. Incapaz de resistir, segurei os cabelos dela, maravilhado com a espessura. — Não é frequente ver esse tom em adultos.

— Minha mãe era. — Yulia não pareceu se importar com o fato de eu mexer em seus cabelos e aproveitei, correndo os dedos pela massa sedosa e, em seguida, movendo-a de lado para expor o pescoço longo e esguio. — Meu pai tinha os cabelos castanhos, um pouco mais escuros que os seus. Mas, quando criança, tinha os cabelos bem claros.

— Entendi. — Abaixei a cabeça para sentir o perfume dela, mas não consegui resistir à tentação de acariciar o ponto macio sob a orelha direita. A pele dela estava quente e delicada sob meus lábios e, ao morder de leve o lóbulo da orelha, ouvi sua respiração acelerar. Instantaneamente, o desejo me invadiu e meu corpo ficou tenso de desejo.

— Yulia... — Soltei os cabelos dela para segurar-lhe os seios macios e redondos. — Quero tanto você.

Ela estremeceu, abrindo os lábios em um gemido baixinho ao encostar a cabeça no meu ombro e fechar os olhos. Ela podia estar chateada por causa do amante, mas ainda me queria, isso era inegável. Os mamilos estavam rígidos, pressionando a palma das minhas mãos sob a camiseta, e a pele pálida assumiu um tom rosado.

No fim das contas, a noite passada não fora uma aberração. Yulia podia não ter me perdoado pelos meus atos, mas o corpo dela perdoara.

Ainda beijando-lhe o pescoço, ajoelhei-me e puxei-a para a grama comigo. Virando-a para me encarar, deitei-me de costas e coloquei-a sentada sobre mim, com as mãos apoiadas em meus ombros. Os olhos de Yulia estavam abertos agora e ela me encarou enquanto eu segurava seus quadris e movia os quadris para cima, pressionando o pênis ereto contra o sexo dela. Mesmo através das camadas de roupa, era gostoso me esfregar contra ela, especialmente quando percebi que os olhos azuis ficaram mais escuros em resposta.

— Venha cá — murmurei, subindo uma das mãos pelas costas dela. Curvando os dedos em volta de sua nuca, puxei a cabeça dela na minha direção e beijei-a, engolindo a exclamação assustada. Ela tinha gosto de morangos e moveu a língua devagar em volta da minha quando aprofundei o beijo. Pressionei-me contra ela com mais força, precisando chegar mais perto, mas as roupas estavam no caminho.

Ficando impaciente, parei de beijá-la por um momento e baixei as mãos para segurar a parte inferior da camiseta dela. Com um movimento fluido, eu a tirei, expondo os seios maravilhosos... seios que ela cobriu imediatamente com as mãos.

— Lucas, espere. — Yulia lançou um olhar ansioso em volta. — E se...

— Ninguém nos incomodará aqui. — Estendi as mãos para a bermuda dela. — Estamos longe demais do caminho usado.

— Mas os guardas...

— As torres mais próximas estão longe demais para nos verem. — Abri a bermuda dela e rolei o corpo, deitando-a na grama. Puxando a bermuda pelas pernas dela, adicionei com um sorriso sombrio: — Estamos totalmente sozinhos, linda.

Em seguida, tirei as minhas roupas e Yulia me observou com uma expressão quase atormentada. Eu não sabia se ela achava que estava traindo o amante por me querer, mas não pretendia pensar no assunto.

Assim que fiquei nu, cobri-a com o corpo e coloquei os joelhos entre as pernas dela, abrindo-as totalmente.

— Olhe para mim — ordenei quando ela tentou fechar os olhos e virar o rosto. Apoiando-me nos cotovelos, capturei o rosto dela entre as mãos e repeti: — Olhe para mim, Yulia. — O sexo dela estava a poucos centímetros da cabeça do meu pênis e o desejo começava a embaçar meu cérebro. Mas, antes que pudesse possuí-la, eu precisava daquilo.

Eu precisava saber que ela pertencia a mim.

Yulia abriu os olhos e vi lágrimas neles. Ela piscou rapidamente, como se estivesse tentando contê-las, mas elas escorreram pelas têmporas. Ao vê-las, senti um aperto, uma estranha dor surgindo dentro do peito.

— Não — sussurrei, abaixando a cabeça para beijar as lágrimas. — Não, querida. Está tudo bem. Tudo vai ficar bem. — O gosto do sal nos lábios fez com que minha dor se intensificasse. — Não chore. Você está bem. Vou cuidar de você.

As lágrimas dela não pararam e não consegui me conter. O desejo dentro de mim era como um demônio tentando chegar à superfície. Tomando a boca de Yulia em um beijo profundo, penetrei-a e senti a carne escorregadia envolvendo-me, apertando-me tanto que estremeci com prazer violento.

Ela ficou tensa sob mim e um som primitivo de dor saiu de sua garganta, mas não parei. Não consegui. A necessidade de reclamá-la era potente e primitiva, um instinto que existia desde o início dos tempos. Aquela garota linda e problemática fora feita para mim. Ela estava destinada a ser minha. Ainda beijando-a, continuei investindo repetidamente, o mais fundo possível. Depois de alguns momentos, senti as mãos dela nas minhas costas quando ela me abraçou.

Prendendo-me com tanta força quanto eu a prendera.

III

O ABISMO

ulia

NOS QUATRO DIAS SEGUINTES, ENTRAMOS EM UMA NOVA rotina. Quando não estava amarrada, eu cozinhava, fazíamos as refeições juntos e saíamos para passeios matinais na floresta. E trepávamos. Trepávamos muito. Era como se saber que nos separaríamos em breve aumentasse ainda mais o desejo de Lucas. Ele trepava comigo por toda parte, no quarto, na cozinha, contra uma árvore na floresta, e com tanta frequência que, no fim do dia, eu estava dolorida, com o corpo sensível e a alma despedaçada por saber que dormia com o inimigo.

Não, não que eu estivesse dormindo com o inimigo... que estivesse gostando. Não importava o que dissesse a mim mesma, o quanto tentasse resistir, eu desmoronava no momento em que Lucas me tocava. Talvez, se ele me machucasse de novo, fosse diferente, mas isso não aconteceu. A paixão dele era violenta algumas vezes, mas não havia raiva nem intenção de machucar. E com frequência... frequência demais para a minha sanidade... havia também ternura.

Era como se ele estivesse começando a gostar de mim, a me querer para mais do que apenas sexo.

Tentei não pensar nisso, sobre os planos dele para mim e os rastreadores que usaria, prendendo-me a ele enquanto destruía tudo que me era importante. Lucas não falara muito sobre a UUR, mas, pelo pouco que deixara escapar, eu sabia que ele já colocara as coisas em movimento com alguns *hackers*. Havia uma chance de que a busca ativasse alarmes na agência e eles tivessem tempo para se esconder, mas não havia garantia disso. Obenko nunca enfrentara um inimigo tão poderoso e implacável como a organização de Esguerra e havia uma possibilidade muito real de ser derrotado.

Se Lucas e o chefe dele tinham conseguido acabar com a Al-Quadar, era apenas uma questão de tempo até que fizessem o mesmo com a minha agência. Eu precisava escapar ou, pelo menos, enviar uma mensagem a eles avisando do que estava por vir, mas Lucas era tão cuidadoso com o telefone e o computador como era com as armas. Talvez, um dia, eu conseguisse entrar no escritório dele e invadir o computador, mas não podia contar com isso.

Agora, só havia uma forma de possivelmente salvar Misha.

Eu teria que contar a Lucas sobre ele.

Era um passo aterrorizador para mim. Eu não confiava no meu carrasco, pois ele já provara que usaria minhas vulnerabilidades contra mim, mas não havia outra forma. Se eu ficasse em silêncio, poderia considerar Misha como morto. Eu sabia que não conseguiria convencer Lucas a não se vingar da UUR, mas talvez ele estivesse disposto a usar a influência que tinha com Esguerra para poupar meu irmão.

A vida normal de Misha já era uma enganação, mas havia uma chance de que eu conseguisse impedir que ele fosse morto.

Antes de me aproximar de Lucas com o pedido, decidi consertar o abismo entre nós, fazer com que as coisas voltassem ao que eram antes que ele me fizesse ceder. Fiz isso de forma sutil para evitar levantar suspeitas. Mas, na noite depois de nosso primeiro passeio, respondi a ele com frases completas e, no segundo dia, agi quase como se nada tivesse acontecido. Tomei a iniciativa de fazer sexo com ele no chuveiro, perguntei o que gostaria de comer no jantar e voltei a conversar sobre os livros que lia. Até mesmo contei a ele minha primeira experiência horrível no balé, quando uma professora dissera, na frente de toda a turma, que eu tinha o pescoço de um avestruz... o que, obviamente, fez com que as outras crianças me chamassem de "Avestruz" durante anos.

Lucas riu daquela história, com os olhos claros

brilhando divertidos, e sorri para ele, esquecendo por um momento que era meu inimigo, que o que eu fazia não era real. Foi chocantemente fácil entrar nesse papel., Quando eu não estava pensando no destino iminente de Misha, gostava de verdade da companhia de Lucas. Para um homem tão duro, era surpreendentemente fácil conversar com ele, que era atencioso e inteligente sem ser arrogante. Apesar de Lucas nunca ter frequentado uma universidade, ele era bem versado em vários tópicos e conseguia conversar de forma inteligente sobre tudo, de política mundial e mercado de ações a desenvolvimentos revolucionários em ciência e tecnologia.

— Onde você aprendeu tanto sobre investimentos? — perguntei durante um passeio quando a conversa girou em volta de um livro sobre finanças que eu lera naquela manhã. *O Cisne Negro*, de Nassim Taleb, era uma crítica forte ao gerenciamento de riscos no setor financeiro e fiquei surpresa ao descobrir que era um dos livros favoritos de Lucas.

— Meus pais eram advogados corporativos em Wall Street — respondeu ele. — Cresci ouvindo falar disso e, quando completei doze anos, meu pai abriu uma conta de investimentos para mim. Pode-se dizer que está no meu sangue.

— Ah. — Fascinada, parei e olhei para ele. — Você investe agora?

Lucas assentiu. — Tenho um portfólio de bom tamanho. Eu não o gerencio pessoalmente, pois não tenho tempo de fazer isso de forma adequada, mas o cara que uso é bom. Na verdade, ele também é gerente de Esguerra. Provavelmente vou fazer uma visita a ele quando formos a Chicago.

— Entendi. — Eu não sabia por que estava surpresa. Fazia sentido. Eu conhecia o histórico de Lucas pelo dossiê dele. Talvez tivesse achado que ele não mantivera nada da criação que tivera, mas deveria ter imaginado que sim, especialmente depois de descobrir todos aqueles livros no escritório.

— Você mantém contato com eles? — perguntei. — Quero dizer, com seus pais.

— Não. — A expressão de Lucas ficou velada. — Não mantenho.

O dossiê dele dizia isso, mas imaginei se fora um disfarce que ele montara para manter a família segura. Pelo jeito, não. Fiquei tentada a perguntar mais, mas não quis ser bisbilhoteira... era importante manter as boas graças com o meu carrasco. Pelo restante do passeio, deixei que Lucas conduzisse a conversa e, quando paramos novamente, no lago, fiquei de joelhos e usei todas as minhas habilidades com a boca para fazê-lo gozar.

A felicidade dele era minha prioridade naqueles dias.

~

No dia antes da partida de Lucas, decidi que chegara a hora de contar a ele sobre Misha. Para o almoço, preparei o que eu descobrira ser o prato favorito de Lucas: frango assado com purê de batatas e torta de maçã como sobremesa. Também tive o cuidado de escovar meus cabelos até que estivessem bem sedosos e usei um vestido de verão branco curto, a roupa mais bonita que ele me dera. Quando nos sentamos à mesa, vi Lucas devorando-me com o olhar e percebi que, pelo menos nisso, eu o agradava.

Agora eu precisava ver até onde iria a boa vontade dele.

Enquanto comíamos, tentei encontrar o melhor momento para abordar o assunto. Ele estaria com humor melhor antes ou depois da sobremesa? Eu deveria deixar que ele terminasse de comer o frango ou poderia falar do meu irmão agora? Enquanto debatia o assunto, Lucas disse em tom casual: — Fiz algumas pesquisas recentemente sobre Donetsk, sua cidade natal. É verdade que, para a maior parte das pessoas de lá, o idioma nativo é o russo, não o ucraniano?

Soltei um suspiro aliviado. Era uma maneira tão boa quanto qualquer outra de entrar no assunto. — Sim, é verdade — respondi, sorrindo. — Minha família falava russo em casa. Estudei ucraniano na escola, mas sou mais fluente em inglês do que em ucraniano.

Lucas assentiu, como se eu tivesse confirmado algo de que ele suspeitava. — Foi por isso que eles foram no seu orfanato, certo? Porque as crianças já eram fluentes em um dos idiomas de que eles precisavam?

Usei toda minha força de vontade para continuar sorrindo. Lembrar do orfanato e da UUR tirou meu apetite, apesar de estarmos chegando mais perto do assunto que eu queria discutir. Movendo de lado o prato meio cheio, eu disse o mais calmamente que consegui: — Sim, foi por isso. Eu era uma candidata particularmente boa porque também sabia falar inglês.

— E porque você é linda. — O olhar de Lucas ficou inesperadamente frio. — Não se esqueça dessa parte.

Tomei coragem. — Talvez — respondi com cuidado. — Mas nem todos são pessoas ruins. Na verdade...

Lucas ergueu a mão. — Yulia, pare. Eu sei o que vai dizer.

Atônita, eu o encarei. — Sabe?

— Você quer que eu poupe um deles, certo? — Os olhos de Lucas novamente me lembravam do gelo do inverno. — É esse o motivo para... — ele moveu a mão em um gesto que englobava a mesa — tudo isso, certo? O vestido, a comida, os sorrisos bonitos? Acha que não enxergo?

Engoli em seco e meu coração começou a bater mais depressa. — Lucas, eu só...

— Não. — A voz dele estava tão dura quanto o olhar em seu rosto. — Não se humilhe. Não vai dar certo. Está fora das minhas mãos.

Meu estômago parecia cheio de chumbo. — O que quer dizer?

— Esguerra nunca aceitará e não usarei minha influência com ele para isso.

Levantei-me desesperada. — Mas...

— Não há mais nada a discutir. — Lucas também se levantou com uma expressão proibitiva. — A única pessoa da UUR que será poupada é você.

Dei a volta na mesa, com o choque transformando-se em terror gelado. Obviamente ele não estava falando sério. — Lucas, por favor, você não entende. Ele é inocente, não tem nada a ver com isso. — Peguei a mão dele, apertando-a em desespero. — Por favor, farei qualquer coisa se você o poupar. É apenas uma pessoa. Só o que você precisa fazer é deixá-lo viver...

Lucas puxou a mão, interrompendo minha súplica. — Já falei, não há nada que eu possa fazer por ele. — Não havia pena na expressão dele, nenhum toque de misericórdia. — Esguerra decide essas coisas, não eu. Você está sem sorte, linda.

Senti a visão escurecer de leve e o sangue pulsar nos meus ouvidos. — Por favor, Lucas... — Estendi novamente a mão, mas ele segurou meu pulso e torceu meu braço para cima, impedindo-me de tocar nele.

— Não implore por ele. — Apertando dolorosamente meu pulso, Lucas me puxou e vi uma fúria escaldante nas profundezas geladas de seus olhos. — Você tem sorte de estar viva. Não entende isso? Se não fosse uma trepada tão gostosa... — Ele parou, mas era tarde demais.

Entendi claramente a mensagem dele e os restos frágeis de minhas fantasias se transformaram em pó.

 *ucas*

Os olhos de Yulia estavam imensos enquanto ela me encarava, com o pulso fino preso na minha mão. Parecia que eu tinha acabado de arrancar o coração dela e algo parecido com arrependimento esfriou o calor da fúria que me invadira.

Soltando o pulso dela, eu disse em tom mais calmo:

— Yulia, não foi isso que eu...

— Por que não faz isso logo, agora? — interrompeu ela, com o olhar estável ao recuar um passo. — Vá em frente, mate-me. Você fará isso de qualquer forma. Quando eu não for mais uma "trepada tão gostosa", certo?

— Não, claro que não. — Minha raiva voltou, mas,

desta vez, direcionada a mim mesmo. — Eu lhe disse, está segura comigo.

— Não se o seu chefe me quiser morta. — O lábio superior dela se curvou. — Não foi isso o que acabou de me dizer?

— Não foi o que eu quis dizer. — Xinguei a mim mesmo inúmeras vezes. Esguerra parecia uma desculpa tão boa como qualquer outra para impedi-la de implorar pelo amante, mas eu deveria ter imaginado como Yulia interpretaria minhas palavras. — Prometi que protegeria você e vou manter essa promessa.

— Então por que não pode protegê-lo também? — O olhar dela se encheu de uma esperança desesperada quando ela se aproximou de mim novamente. — Por favor, Lucas. Ele é um inocente...

— Pare. — Recusei-me a ouvi-la implorando por ele. — Não dou a mínima se ele é culpado ou inocente. Eu lhe disse, apenas uma pessoa. É o trato.

Esperei que Yulia parasse naquele momento, que aceitasse que perdera. Em vez disso, ela ergueu o queixo, com os olhos parecendo carvões azuis no rosto pálido. — Então poupe-o. Quero que Misha seja poupado, não eu.

Misha. Guardei aquele nome, sentindo uma fúria renovada apertando meu peito.

Ela estava pronta para morrer por ele, pelo fraco do amante.

— Não importa o que você quer. — Minhas palavras foram cáusticas por causa dos ciúmes que queimavam dentro de mim. — Eu decido quem vive, não você.

Ela reagiu como se eu a tivesse golpeado. Seus lábios tremeram e ela recuou, cruzando os braços sobre o peito.

— Yulia. — Fui atrás dela, sentindo sua dor me cortar como uma faca, mas ela se virou de costas para mim e olhou para fora da janela. Ergui a mão para colocá-la no ombro dela, mas mudei de ideia no último instante. Não havia nada que eu pudesse fazer para fazê-la se sentir melhor, exceto a única coisa que não estava disposto a prometer.

Eu queria aquele Misha morto e não deixaria que ela me manipulasse para poupar a vida dele.

Abaixando a mão, recuei um passo e observei o corpo rígido de Yulia. Minha prisioneira estava ainda mais bonita do que o normal, com o vestido branco curto fazendo com que parecesse inocentemente sensual. Com os cabelos soltos nas costas em uma cascata, ela era a personificação da tentação... e eu sabia que era de propósito.

Como tudo o mais que Yulia fizera nos dois dias anteriores, a roupa dela naquele dia era uma tentativa de salvar o amante.

A ideia me encheu de uma raiva amarga. Virando-me, guardei o que sobrara da comida e lavei as louças, usando o tempo para me acalmar. Yulia não se moveu do local onde estava perto da janela e, quando me aproximei, vi que ainda estava mortalmente pálida, com o olhar distante.

Afastando uma vontade irracional de consolá-la, peguei seu braço. — Vamos — disse eu baixinho. — Tenho que amarrar você.

E, segurando seu braço com força, levei Yulia para a biblioteca.

Ela não disse uma palavra enquanto eu a prendia na poltrona, cuidando para que as cordas não cortassem a pele. Quando terminei, dei um passo atrás e olhei para ela. — Que livro você quer?

Ela não respondeu, mantendo o olhar fixo no colo.

— Yulia, eu fiz uma porra de uma pergunta.

Ela olhou para cima, com os olhos cheios de dor.

— O que você quer ler? — repeti, tentando não deixar que o desespero óbvio dela me atingisse. — Que livro?

Ela afastou o olhar, mas não antes que eu percebesse um brilho de lágrimas.

Merda.

— Muito bem, como quiser. — Peguei um livro de suspense aleatório da prateleira e coloquei-o no colo dela. — Voltarei antes do jantar.

Yulia não demonstrou ter me ouvido e saí antes que a fúria que queimava dentro de mim transbordasse.

ulia

Não dou a mínima se ele é culpado ou inocente. Está fora das minhas mãos. Se você não fosse uma trepada tão gostosa...

As palavras de Lucas ecoaram na minha cabeça, em um ciclo doentio, repetidamente. Ele fora tão frio, tão cruel. Era como se as duas semanas anteriores não tivessem acontecido, como se nosso tempo juntos não significasse nada para ele.

Meu coração parecia cortado em fatias e a dor era tão grande que eu estava amortecida. Minha respiração estava curta, tentando aguentar a agonia, que só parecia aumentar e expandir cada vez mais fundo no meu peito.

Eu fracassara. Fracassara com meu irmão. Tudo o que fizera desde o momento em que Obenko se aproximara de mim no orfanato fora por Misha e agora tudo teria sido em vão.

O homem em quem eu depositara minhas últimas esperanças era um monstro sem coração. E eu era uma tola.

Não se humilhe. Não vai dar certo.

De alguma forma, Lucas sabia sobre o meu irmão. Ele sabia que eu pediria que poupasse a vida de Misha. Ele sabia que eu estivera amaciando-o aqueles dias todos e deixara-me fazer isso.

Ele tomara tudo o que eu tinha a dar e, em seguida, enfiara uma faca diretamente no meu coração.

Uma bolha amarga de risada me escapou quando pensei na genialidade do plano sádico dele. Eu tinha que admitir, a ideia de vingança de Lucas Kent era inteligente. Nenhuma tortura física teria me machucado tanto quanto a recusa dele em salvar meu irmão.

Minha risada se transformou em um soluço, que engoli, reprimindo o som. Mesmo com as lágrimas, eu soei louca, histérica. O terapeuta da agência tivera razão. Eu não fora feita para aquele trabalho. Eu não era como Lucas ou como Obenko.

Eu não tinha o que era necessário para permanecer suficientemente desligada.

— Sua lealdade pelo seu irmão é admirável, mas também é sua maior fraqueza — dissera Obenko alguns meses depois que comecei o treinamento. — Prende-se a Misha porque ele é parte de seu passado, mas você não pode mais ter um passado. Não pode ter família. Você precisa aceitar isso ou não conseguirá aguentar esta vida. Haverá momentos em que precisará se aproximar de pessoas sem deixar que elas se aproximem de você. Precisará estar no controle de suas emoções. Acha que será capaz disso?

— É claro que sim — respondi rapidamente, temendo que ele me tirasse do programa e colocasse meu irmão de volta no orfanato. — Só porque amo Misha não quer dizer que eu vá me apegar a outra pessoa.

E trabalhei duro para provar isso. Fui amigável com os outros treinandos, mas não fiquei amiga de nenhum deles. O mesmo ocorreu com os instrutores. Mantive a distância emocional de todos eles. Mesmo depois do incidente com Kirill, fiz o possível para lidar com o trauma sozinha.

Eu era uma aluna tão boa e diligente que Obenko me deu a missão em Moscou menos de um ano depois do ataque de Kirill.

Outra risada misturada com um soluço subiu pela minha garganta. Engoli o som histérico, mas não consegui controlar as lágrimas que correram pelo meu rosto. Achei que eu era boa no que fazia. Eu sorria e flertava com os amantes designados, mas nunca me apaixonara por nenhum deles. Mesmo com Vladimir, que me ensinara a ter prazer sexual, eu permanecera fria e desligada. Ninguém importava para mim, exceto meu irmão.

Ninguém, até Lucas.

Em um esforço para me aproximar do meu carrasco, eu me abrira demais. Perdera o controle das minhas emoções. Deixara que um homem implacável e traiçoeiro se aproximasse de mim. E ele usara aquela proximidade para lançar a mais cruel das punições.

Ele encontrara a melhor forma de me destruir.

 *ucas*

Eu tinha uma infinidade de coisas a fazer antes de partirmos na manhã seguinte, mas fui para o ginásio porque não conseguia me concentrar em nada. Meus pensamentos estavam ocupados por Yulia e a agonia no olhar dela.

Enquanto socava o saco de areia, tentei afastar imagens dela sentada lá, tão distante e ferida. Ela olhara para mim como se eu a tivesse traído... como se a tivesse ferido muito além do que era possível acreditar.

O saco balançou de um lado para o outro enquanto eu o socava, com um golpe forte depois do outro. A ideia de que *ela* se sentia traída por *mim* me dava vontade de esmurrar alguém sem parar. Que diabos ela esperava? Que chuparia meu pau algumas vezes e eu ficaria feliz em salvar o amante dela? Que eu não questionaria seu desejo de poupar a vida daquele Misha?

Um inocente, dissera ela, como se isso fizesse alguma diferença para mim. No que me dizia respeito, o homem merecia morrer pelo simples fato de encostar nela. Como ainda era parte da UUR, ele teria sorte se eu o matasse depressa.

— Lucas. Ei, cara, está terminando?

A pergunta de Diego interrompeu meus golpes. Limpando o suor da testa, virei-me e vi o jovem mexicano parado, com as luvas já preparadas. Atrás dele, havia dois outros guardas esperando a vez.

A julgar pelo olhar no rosto deles e a dor nas juntas dos meus dedos, eu provavelmente despejara minha raiva no saco de areia por um bom tempo.

— Todo seu — disse eu, forçando-me a andar para longe do saco de areia. — Vá em frente.

Quando saí do ginásio, pensei em voltar para casa para tomar um banho, mas eu ainda não estava calmo o suficiente para enfrentar Yulia. Em vez disso, fui para a mansão de Esguerra para usar o chuveiro ao lado da piscina. Ele mantinha uma pilha de camisetas lá, caso acontecesse algum negócio sangrento inesperado, e peguei uma delas para vestir depois do banho.

Lavei-me rapidamente e, quando estava vestindo a bermuda e uma camiseta limpa, vi de relance um vulto familiar de cabelos escuros correndo para dentro da casa.

Rosa.

Eu me esquecera totalmente da criada. Ela devia ter obedecido cegamente ao que eu pedira, pois não a vira desde nossa conversa na cozinha de Esguerra. Com sorte, eu não magoara demais a garota, mas não havia o que fazer. Eu não a queria perto de Yulia.

Sentindo-me marginalmente mais calmo depois do exercício, fui para o escritório de Esguerra para uma chamada com a agência de inteligência de Israel.

Passamos as duas horas seguintes conversando com o Mossad sobre os acontecimentos recentes na Síria e no restante do Oriente Médio. Durante o encerramento da chamada, considerei contar a Esguerra o que descobrira sobre a UUR até então, mas decidi que não era o momento certo. Eu conversaria com ele sobre Yulia e a agência dela quando voltássemos de Chicago. Talvez eu tivesse mais informações, pois os *hackers* finalmente estavam conseguindo algum sucesso pesquisando os dados codificados nos arquivos do governo ucraniano.

Quando a chamada terminou, Esguerra e eu repassamos a logística de última hora para a viagem do dia seguinte.

— Quando pousarmos, iremos diretamente para a casa dos pais de Nora — disse Esguerra. — Quero que eles a vejam imediatamente, mesmo que isso signifique jantar mais tarde.

Eu já passara muito do ponto de questionar a insanidade daquela viagem e só disse: — Está bem. Farei uma reunião com a equipe de segurança amanhã à noite para garantir que todos saibam o que estão fazendo.

— Excelente. — Esguerra fez uma pausa. — Você sabe que Rosa irá conosco, certo?

Na verdade, eu não sabia. — É? Por quê?

— Nora quer a companhia dela.

— Está bem. — Eu não via como aquilo mudava alguma coisa, a não ser que... — Preciso levar homens extras para cuidar dela? Ou ela ficará com você e Nora na maior parte do tempo?

— Ela ficará conosco. — Esguerra pareceu ligeiramente divertido. — Muito bem, acho que está tudo certo. Verei você no avião amanhã.

— Até amanhã — disse eu. Em seguida, fui para o alojamento dos guardas para minha reunião com Diego e Eduardo, os dois homens que designei como cuidadores de Yulia na minha ausência.

— Falem tudo novamente — disse eu a Eduardo depois de dar a ele e a Diego a lista completa de instruções sobre minha prisioneira. — Quantas vezes visitarão minha casa para deixá-la usar o banheiro e esticar as pernas?

O colombiano revirou os olhos. — Três vezes, além de soltá-la durante as refeições. Nós entendemos, Kent, juro.

— E o que farão se ela tentar fugir?

— Nós a prenderemos, mas não a machucaremos de forma alguma — disse Diego, torcendo os lábios divertido. — Você precisa se acalmar, cara. Nós entendemos. Não vamos tocar em um fio dos cabelos dela além do necessário para garantir que ela não vá a lugar algum. Ela terá os livros, os programas de TV e sim, vou levá-la para um passeio uma vez por dia.

— E manteremos a boca fechada sobre tudo isso — acrescentou Eduardo, repetindo as minhas palavras exatas. — Ninguém ouvirá uma palavra de nós sobre sua princesa espiã.

— Ótimo. — Olhei duramente para eles. — E a comida?

— Nós levaremos produtos da casa principal e deixaremos que ela cozinhe — disse Diego, sorrindo abertamente. — Ela será a prisioneira mais bem alimentada e entretida da história.

Ignorei a provocação. — E à noite?

— Algemarei o pulso dela ao poste de metal que você instalou ao lado da cama — respondeu Eduardo. — E não encostarei um dedo nela. Será como se ela fosse um saco de batatas... mas um muito importante — acrescentou ele rapidamente quando fechei a mão. — De verdade, Kent, só estou brincando. Cuidaremos muito bem da sua garota, prometo. Você sabe que pode confiar em nós.

Eu sabia disso. Fora por isso que os escolhera para aquela tarefa. Os dois guardas trabalhavam no complexo havia dois anos e já tinham provado sua lealdade. Talvez achassem minhas ordens divertidas, mas fariam o que eu dissera.

Yulia ficaria segura com eles.

— Está bem — disse eu, assentindo para eles. — Nesse caso, verei vocês amanhã de manhã. Estejam na minha casa às nove horas em ponto.

E, saindo do alojamento, fui para o campo de treinamento para inspecionar os novos recrutas.

 ulia

Eu não sabia quanto tempo se passara até que conseguisse controlar as lágrimas. Mas, quando abri o livro que Lucas deixara para mim, o sol já estava se pondo. Olhei para as palavras na página aberta, mas as letras se embaralhavam em frente aos meus olhos inchados.

Eu fracassara com meu irmão. Por minha causa, ele seria morto.

Tentei me concentrar no livro, afastar a ideia avassaladora, mas não conseguia pensar em outra coisa. Velhas lembranças voltaram e fechei os olhos, cansada demais para lutar contra elas.

"Cuide de seu irmão", *pediu minha mãe com os olhos*

azuis cheios de preocupação. "Veja se ele está bem antes de ir dormir, está bem? Ele parecia um pouco febril mais cedo. Portanto, se a testa dele parecer quente, telefone para nós, está bem? E não abra a porta para ninguém que não reconheça."

"Não vou, mamãe. Eu sei o que fazer." Eu podia ter dez anos, mas não era a primeira vez que ficava sozinha com Misha enquanto meus pais corriam para o leito do meu avô doente. "Vou cuidar bem dele, prometo."

Mamãe me deu um beijo na testa e senti seu perfume floral. "Eu sei que sim", murmurou ela, recuando um passo. "Você é minha garota crescida maravilhosa". O rosto dela estava tenso com estresse, mas o sorriso que me deu foi cheio de amor. "Voltaremos assim que seu avô estabilizar um pouco."

"Eu sei, mamãe." Sorri de volta para ela, sem saber que minha vida estava prestes a mudar para sempre. "Vá ver o vovô. Cuidarei de Misha, prometo."

E tentei fazer exatamente isso. Quando os policiais chegaram a nosso apartamento na manhã seguinte, não deixei que entrassem até que me mostrassem fotografias dos cadáveres dos meus pais no necrotério, quebrados e ensanguentados por causa do acidente com o carro. Insisti para que meu irmão ficasse comigo quando tentaram nos separar, alegando que um garoto de dois anos não deveria participar do funeral dos pais. E, quando Vasiliy Obenko se aproximou de mim um ano depois, dizendo que a irmã dele e o marido tinham se oferecido para adotar Misha se eu entrasse para a agência dele, não hesitei.

Eu disse ao diretor da UUR que faria qualquer coisa se ele desse ao meu irmão uma vida normal e feliz.

Abrindo os olhos, tentei novamente me concentrar no livro. Mas, naquele momento, um movimento na minha visão periférica chamou minha atenção. Assustada, olhei para cima e vi uma mulher de cabelos escuros parada no meio da biblioteca de Lucas.

Rosa, percebi. Meu coração deu um salto.

— O que você está fazendo aqui? Como entrou? — Não consegui esconder o tom de pânico na voz. Minhas mãos estavam algemadas e eu estava amarrada à cadeira com uma camada grossa de cordas. Se ela quisesse me machucar, eu não conseguiria impedi-la.

Rosa ergueu um chaveiro. — Na casa principal, temos cópias das chaves de todos os edifícios do complexo, incluindo casas particulares.

Não vi nenhuma arma nela, o que foi um pouco reconfortante. — Ok, mas por que você está aqui? — perguntei em um tom mais calmo.

— Eu queria ver você — respondeu ela. — Amanhã, vamos partir e ficar fora duas semanas. Vamos para Chicago para visitar a família de Nora.

— A família de Nora?

— A esposa do *señor* Esguerra — esclareceu Rosa.

Franzi a testa confusa. Lembrei-me de que Nora era o nome da garota norte-americana que Esguerra sequestrara e com quem se casara. Lucas não me contou o motivo da viagem, mas supus que estivesse relacionada aos negócios. Eu não fazia ideia de que o chefe sádico de Lucas tinha algum tipo de relacionamento com os sogros.

— De qualquer forma — continuou Rosa —, eu queria ver você pessoalmente antes da viagem.

Minha confusão aumentou. — Por quê?

Rosa deu um passo à frente.— Porque não acho que aqui seja o seu lugar. — As mãos dela estavam entrelaçadas na frente do vestido branco. — Porque isto não é certo.

— O que não é certo? — Ela queria que eu estivesse pendurada em uma cabana de tortura, como insinuara antes?

— Você. Isto tudo. — Os olhos castanhos dela me estudaram. — É errado que Lucas tenha você aqui deste jeito. Que ele a deixe com Diego e Eduardo. Eles são rapazes bons. Gostam de jogar pôquer.

— Pôquer? — Eu estava completamente perdida.

Rosa assentiu. — Eles jogam com os guardas da Torre Norte Dois. Todas as quintas-feiras à tarde, de duas às seis horas.

— É mesmo? — Meu coração bateu mais forte novamente. Rosa estava me dizendo o que eu achava que estava?

— Sim — respondeu ela em tom neutro. — Não é um problema, pois os drones patrulham o perímetro do complexo e há sensores de calor e movimento por toda parte. Qualquer coisa que se aproxime da fronteira da propriedade, não importa o tamanho, é varrida e examinada pelo nosso software de segurança.

E os guardas são alertados se o computador acha que há um problema.

Meu coração agora estava frenético. — Entendi. — *Qualquer coisa que se aproxime*, dissera ela. O que significava que o computador desconsiderava qualquer coisa indo no sentido oposto. — A que distância daqui fica a fronteira norte da propriedade?

Rosa hesitou e xinguei-me mentalmente por ser direta demais. Ela claramente queria fingir que só estava conversando comigo e as informações que eu obtivesse seriam algo que Rosa dissera por acidente.

— Cerca de quatro quilômetros — disse ela finalmente. Soltei um suspiro de alívio. No fim das contas, eu não a assustara. — Há um rio que marca aquela fronteira — continuou ela, deixando o fingimento de lado. — Mais a oeste, uma estradinha cruza o rio. Ela vai para o norte, até Miraflores. De vez em quando, recebemos entregas por aquela rota. — Ela fez uma pausa e acrescentou: — A próxima entrega está agendada para quinta-feira às três horas da tarde.

— Quinta às três — repeti, mal conseguindo acreditar na minha sorte. — Ou seja, na tarde da próxima quinta-feira. Depois de amanhã.

Ela assentiu. — Receberemos alguns alimentos.

— Ok. — Minha mente estava acelerada, considerando os possíveis obstáculos. — E sobre...

— Tenho que ir agora — disse Rosa, chegando ainda mais perto. — Lucas chegará em casa em breve. — Ela passou os dedos sobre o livro que eu segurava e sua mão encostou na minha por um segundo. — Adeus,

Yulia — disse ela baixinho antes de se virar e sair correndo do aposento.

Atônita, olhei para baixo e vi dois objetos pequenos sobre o livro.

Uma lâmina e um grampo de cabelo.

*ucas*

CHEGUEI EM CASA DEPOIS DAS OITO HORAS. PARA MEU alívio, Yulia estava calmamente lendo na poltrona quando entrei na biblioteca.

— Desculpe por ter demorado tanto — disse eu, aproximando-me da cadeira para soltá-la. — Você deve estar faminta... sem falar da necessidade de usar o banheiro.

Ela olhou para mim e vi que seus olhos estavam ligeiramente vermelhos, como se tivesse chorado. Ela não disse nada, mas não esperei que dissesse. Eu tinha uma forte suspeita de que o jantar daquela noite não teria muita conversa.

Abaixando-me, eu a desamarrei e ajudei-a a se

levantar da poltrona, ignorando a forma como ela enrijeceu o corpo ao sentir meu toque.

— Vamos. Está ficando tarde. — Determinado a controlar meu temperamento, levei-a até o banheiro.

Esperei enquanto Yulia usava o banheiro e, em seguida, levei-a para a cozinha. Torci para que ela fizesse o jantar, apesar de estar chateada, mas Yulia só se sentou à mesa e olhou diretamente à frente.

— Muito bem — disse eu, sem demonstrar minha irritação. — Pode ficar sentada, se quiser. Vou esquentar o que houver na geladeira.

Ela não respondeu, nem mesmo se moveu enquanto eu arrumava a mesa e preparava tudo. Por sorte, o frango e o purê de batatas que ela fizera para o almoço estavam deliciosos mesmo depois de aquecidos no micro-ondas.

Considerando o estado retraído de Yulia, esperei que ela não comesse. No entanto, ela devorou a comida no momento em que coloquei o prato à sua frente.

Imaginei que a fome dela era maior do que a raiva que sentia de mim.

Comemos o frango em silêncio. Em seguida, cortei uma fatia de torta de maçã para cada um de nós como sobremesa. Eu estava prestes a colocar a fatia de Yulia no prato quando ela disse: — Não quero, obrigada. Estou cheia.

— Está bem. — Escondi o prazer de ouvi-la falar novamente. — Quer um pouco de chá?

Ela assentiu e levantou-se. — Eu faço o chá.

Com os movimentos graciosos e eficientes que eu

passara a conhecer, ela preparou duas xícaras de chá e levou-as para a mesa. Colocando uma das xícaras à minha frente, ela se sentou e soprou o chá para esfriá-lo. Fiz o mesmo antes de tomar um gole. O líquido estava quente e ligeiramente amargo, mas não desagradável. Quase consegui entender por que Yulia gostava tanto de chá.

Não conversamos enquanto tomávamos o chá, mas o silêncio não parecia tão tenso como antes. Isso me deu um pouco de esperança de que a noite não fosse um desastre total.

Quando terminamos o chá, limpei tudo enquanto Yulia ficava sentada observando-me com expressão inescrutável. Ela me odiava? Gostaria de enfiar o garfo mais próximo em mim? Esperava que eu não voltasse da viagem?

A ideia foi mais do que um pouco desagradável.

Deixando-a de lado, terminei de limpar os balcões e aproximei-me de Yulia. — Providenciei para que dois guardas cuidem de você na minha ausência — disse eu. — Diego e Eduardo. Você já conheceu Diego, foi quem a carregou para fora do avião.

— Sim, eu me lembro dele. — A voz de Yulia estava baixa. Ela se levantou. — Ele parece um cara decente.

— Ele é. Eduardo também. — Parei na frente dela. — Eles cuidarão bem de você.

— Eles me deixarão presa, você quer dizer — retrucou ela em tom neutro, olhando para mim.

— Do jeito como quiser chamar. — Ergui a mão

para segurar um cacho dos cabelos dela. — Eles garantirão que você tenha tudo de que precisa.

Ela assentiu e deu um passo atrás. Os cabelos sedosos escorregaram para longe dos meus dedos. — Está bem.

— Venha. — Peguei o braço dela antes que ela se afastasse ainda mais. — Vamos para a cama. Preciso acordar cedo.

Ela enrijeceu o corpo, mas deixou que a levasse para o banheiro sem discutir. Eu a deixei lá enquanto tomava um banho rápido e, em seguida, levei-a para o quarto. Ao entrarmos lá, meu pênis enrijeceu de ansiedade com as imagens eróticas que encheram minha mente.

Lutando contra uma onda súbita de desejo, parei ao lado da cama e virei-me para olhar para Yulia. Soltando o braço dela, coloquei as mãos em volta de seu rosto, afastando fios de cabelos com os polegares. Ela não se mexeu, apenas olhou para mim em silêncio, com os olhos grandes no rosto delicado.

— Yulia... — Eu não sabia o que dizer a ela, como consertar a situação, mas precisava tentar. A ideia de deixá-la durante duas semanas enquanto as coisas estavam tão tensas entre nós era insuportável. — Não precisa ser assim — disse eu em tom suave. — Pode ser... melhor.

Ela pestanejou, como se estivesse atônita com minhas palavras, e vi uma umidade fresca em seus olhos. — Do que você está falando? — sussurrou ela, erguendo as mãos para segurar meus pulsos. — Não era isso que você queria? Machucar-me? Punir-me?

— Não. — Deixei que ela afastasse minhas mãos de seu rosto. — Não, Yulia. Não quero machucar você, acredite.

Ela franziu as sobrancelhas ao soltar meus pulsos. — Então, como pode...

— Não quero mais discutir esse assunto. Está feito. Teremos que superar isso. Você entendeu? — Minhas palavras saíram desnecessariamente duras e vi quando ela se encolheu ao recuar um passo.

Respirei fundo. O ciúme ainda fervilhava dentro de mim, mas eu estava determinado a não deixar que ele estragasse nossa última noite juntos. Forçando-me a mover devagar e de forma deliberada, tirei a camiseta e deixei-a cair no chão. Em seguida, tirei os sapatos, a bermuda e a cueca. Yulia me observou, com um tom rosado cobrindo seu rosto ao ver minha ereção crescente. Para meu alívio, vi os mamilos rígidos dela sob o material branco do vestido.

Ela podia me odiar, mas ainda me queria.

— Venha cá. — Incapaz de esperar mais, estendi as mãos e segurei seus ombros magros. Ela estava com o corpo rígido quando a puxei, mas vi uma veia latejando na base de sua garganta. Ela estava longe de ser imune a mim e eu pretendia usar isso.

De uma forma ou de outra, naquela noite Yulia não pensaria no amante.

Inclinei a cabeça, querendo sentir o gosto de seus lábios macios, mas, no último momento, ela virou a cabeça e minha boca encostou em seu maxilar. Senti quando ela estremeceu. Em seguida, ela deu um passo atrás, saindo do meu alcance. O peito dela subia e descia pesadamente, seu rosto estava vermelho e seus olhos brilharam ao olhar para mim.

— Não consigo... — A voz de Yulia falhou. — Não consigo fazer isto, Lucas. Não depois de...

— Pare. — O ciúme indesejado voltou e meu estômago queimou de raiva quando me aproximei dela novamente. — Eu lhe disse que não quero discutir esse assunto.

Ela continuou recuando. — Mas...

— Nem mais uma palavra. — As costas dela encostaram na cômoda e aproximei-me, prendendo-a lá. Colocando as mãos sobre a cômoda nos dois lados dela, cheguei mais perto, sentindo o perfume delicado. Todas as fantasias sombrias que eu já tivera passaram pela minha mente e minha voz ficou mais rouca quando sussurrei em seu ouvido: — Já chega disso. Agora você é minha e está na hora de aprender o que isso quer dizer.

 *ulia*

O CALOR ÚMIDO DO HÁLITO DE LUCAS NA MINHA ORELHA me fez estremecer. Minhas coxas se contraíram convulsivamente para conter a dor crescente entre elas. A traição do meu corpo aumentou o tumulto na minha mente. Achei que teria que me forçar a aguentar o toque dele, mas repulsa era a última coisa que sentia naquele momento.

Mesmo sabendo que ele era um monstro sem coração, eu não conseguia parar de querer Lucas.

A boca de Lucas passou sobre meu maxilar enquanto ele me mantinha presa contra a cômoda. Meu coração bateu mais depressa ao sentir o pênis rígido contra minha barriga. — Não — sussurrei, fechando as mãos em punhos nos lados do corpo. Eu conseguia sentir o calor do corpo forte envolvendo-me e senti uma combinação de medo, vergonha e desejo. — Por favor... deixe-me em paz.

Lucas ignorou minhas palavras, colocando a mão direita no meu ombro. Prendendo os dedos sob a tira do vestido, ele a puxou para baixo. A boca dele agora estava no meu pescoço, mordendo e provocando, e minha excitação se intensificou. Ele deslizou a mão dentro do meu vestido e segurou meu seio, com a beira áspera do polegar raspando no mamilo.

Senti um calor nas entranhas e a excitação cresceu na mesma medida em que o autodesprezo encheu meu peito. Eu não queria sentir aquilo pelo meu carrasco cruel. Eu não estava lutando contra ele porque não queria arriscar prejudicar minha fuga, mas não deveria estar gostando daquilo.

Eu não deveria desejar o homem que planejava matar meu irmão.

Como se lesse meus pensamentos, Lucas ergueu a cabeça para olhar para mim. Havia desejo no olhar pálido e algo mais... alguma coisa sombria e intensamente possessiva.

— Não, linda — murmurou ele, com a mão ainda no meu seio. — Não vou deixá-la em paz.

Comecei a responder, mas ele abaixou a cabeça e colocou a boca sobre a minha. A mão esquerda dele segurou minha nuca, mantendo-me imóvel, e a mão direita desceu para puxar para cima a saia do meu vestido. Em um movimento rápido, ele arrancou minha calcinha. Mal registrei o ato, pois o beijo foi muito intenso, consumindo-me completamente. Ele me deixou sem fôlego e precisei de toda a força de vontade para me lembrar do motivo pelo qual não deveria querê-lo. Desesperada, apoiei as palmas das mãos na cômoda para me impedir de agarrá-lo. Foi uma vitória pequena que não durou muito tempo. Ainda devorando minha boca, Lucas se virou, carregando-me consigo, e começou a me empurrar de costas na direção da cama.

A parte de trás das minhas coxas encostaram na beirada da cama e, em seguida, vi-me deitada de costas, com o vestido puxado até a cintura e Lucas deitando-se sobre mim. O rosto dele tinha uma expressão faminta e seus olhos brilhavam. Antes que eu conseguisse me recuperar do beijo, ele segurou meus joelhos, abrindo minhas pernas, e afastou-se ligeiramente para se abaixar entre elas.

— Não, por favor, isso não. — Tentei me arrastar para trás, mas Lucas me segurou com força, puxando-me para mais perto da beirada da cama. Os lábios dele se contraíram em um meio sorriso irônico, pois entendia por que eu não queria aquele prazer. Em seguida, ele enterrou a cabeça entre minhas pernas e passou a língua molhada e quente na minha fenda.

A onda de prazer foi quase brutal. Meu corpo inteiro se arqueou para cima quando ele colocou a boca sobre o clitóris em movimentos suaves e rítmicos. Arquejando, tentei fechar as pernas, afastar-me do tormento erótico, mas Lucas não me soltou nem alterou o ritmo. Senti minha excitação aumentar e os mamilos ficarem mais rígidos quando uma pressão insuportável cresceu dentro de mim, ficando mais intensa a cada momento.

Ele aumentou o ritmo dos movimentos, apertando o clitóris com os lábios repetidamente. Um grito abafado escapou da minha garganta quando senti o orgasmo se aproximar. *O assassino do meu irmão...* As palavras surgiram na minha mente quando meu corpo começou a se contrair com o orgasmo.

— Não, pare! — Sem pensar, ergui o corpo até ficar sentada e girei para o lado com toda a força, fazendo com que ele soltasse minhas coxas. Minha resistência súbita pegou Lucas de surpresa e consegui rastejar de joelhos quase até o outro lado da cama antes que ele saltasse sobre mim, agarrando meu tornozelo no último segundo.

Agindo por instinto, virei-me e chutei-o, mirando em seu rosto. Entretanto, ele desviou para o lado e não consegui atingi-lo. Antes que conseguisse tentar de novo, ele agarrou meu outro tornozelo e puxou-me sobre a cama em sua direção.

— Mas que merda, Yulia. — Controlando minhas pernas com os joelhos, Lucas me prendeu e capturou meus pulsos, estendendo meus braços para os lados. O rosto dele estava rígido de fúria e ele estreitou os olhos. — É tão louca assim por ele?

Eu o encarei, com a respiração pesada. Meu coração latejava com excitação frustrada e um coquetel tóxico de medo, adrenalina e raiva fervia dentro do meu peito. Lutar contra Lucas fora um passo idiota da minha parte, mas gozar em seus braços teria sido uma traição terrível ao meu irmão. — É claro que sim — retruquei, incapaz de me conter. — O que diabos você esperava?

Os dedos de Lucas apertaram meus pulsos. — Ele não é ninguém para você agora. — A raiva brilhada em seus olhos. — Ninguém. Você pertence a *mim*, entendeu?

Encarei meu carrasco, sem compreender. Como ele esperava que eu esquecesse meu irmão? Eu sabia que Lucas era possessivo, mas aquela exigência beirava a insanidade.

Antes que eu conseguisse me recompor, o rosto de Lucas ficou mais duro. Movendo-se rapidamente, ele passou meu braço direito sobre meu corpo, juntando-o ao esquerdo. Acabei de lado, com os dois pulsos presos na mão esquerda dele. Ele estendeu a mão para a mesinha de cabeceira, com o peso esmagando-me contra o colchão. O ar fugiu dos meus pulmões comprimidos. Um momento depois, ele se ergueu, aliviando a pressão nas minhas costelas. Lucas ficou sobre mim, com a parte inferior do corpo prendendo o meu... e, em sua mão direita, vi o motivo daqueles movimentos.

Ele pegara um rolo de corda da mesinha de cabeceira.

Senti a pele gelada e meu desejo diminuiu com a onda de medo. — O que você está fazendo? — As palavras saíram em um sussurro frenético e suplicante.

— Lucas, você não precisa fazer isso. Não vou mais lutar.

Mas era tarde demais. Ele já estava enrolando a corda nos meus pulsos. A velha ansiedade surgiu, engasgando-me com lembranças de Kirill. O terror paralisante do passado me invadiu. Naquele momento, Lucas abaixou a cabeça e sussurrou no meu ouvido: — Não vou machucar você... mas vou fazer com que o esqueça.

Respirei fundo, trêmula. As palavras dele me deram a segurança de que eu precisava para permanecer no presente. Não que minha ansiedade tivesse diminuído. O que ele fazia e dizia ia além da loucura. Comecei a lutar de novo, desesperada para fugir, mas ele era forte demais. Ignorando minhas tentativas de afastá-lo, Lucas amarrou a corda firmemente em volta dos meus pulsos e abaixou-se para agarrar meus tornozelos. Ao fazer isso, o peso dele saiu brevemente das minhas pernas e consegui chutá-lo no lado do corpo antes que segurasse minhas pernas.

— Ah, não, você não vai fazer isso. — A voz dele foi um rugido baixo ao levantar meus tornozelos, dobrando meu corpo em dois. Tentei atingi-lo com as mãos amarradas, mas não tinha apoio suficiente. O golpe mal encostou no ombro dele quando Lucas prendeu minhas pernas no braço musculoso. Com as mãos livres, ele passou a outra ponta da corda em volta dos meus tornozelos. Os movimentos dele eram rápidos e seguros, sem misericórdia alguma. Em questão de segundos, eu estava amarrada como um peru, com as pernas e os braços presos em frente ao corpo. Com o vestido levantado e sem calcinha, eu estava totalmente exposta.

A vulnerabilidade da minha posição fez com que meu coração batesse tão forte que fiquei tonta. O sangue latejava nos ouvidos enquanto Lucas forçava minhas pernas e meus braços amarrados acima da minha cabeça, esticando a corda até o limite. Ele prendeu a corda no poste de metal que instalara ao lado da cama. As mãos dele seguraram minhas coxas trêmulas e vi que ele olhava para mim... para minha boceta totalmente aberta e para minha bunda.

— O que você vai fazer? — Eu mal conseguia respirar por causa do pânico crescente. — Lucas, o que você vai fazer?

O olhar dele encontrou o meu. Os olhos dele queimavam com um calor selvagem. — O que eu quiser, querida. O que eu quiser.

E, abaixando a cabeça entre minhas pernas, ele colocou a boca novamente sobre meu clitóris.

Lucas

O GOSTO DELA ERA INTOXICANTE, INSUPORTAVELMENTE erótico. A boceta estava molhada e o aroma feminino fez com que meu pênis ficasse ainda mais rígido. Eu queria penetrá-la, sentir a boceta apertada em volta de mim, mas também queria outra coisa... uma coisa que Yulia não me dera ainda.

Mas, primeiro, eu precisava terminar o que começara. Ignorando o desejo que me queimava por dentro, chupei o clitóris usando o mesmo ritmo que a deixara à beira do orgasmo mais cedo. Eu sentira quando ela começara a ter espasmos antes de começar a lutar e sabia que bastaria um segundo a mais para que gozasse. Ela entrara em pânico, provavelmente porque não queria traí-lo, mas eu não aceitaria isso.

Ela gozaria naquela noite, uma vez atrás da outra, até que o amante não fosse nada além de uma lembrança distante.

Desta vez, demorou menos de um minuto para deixar Yulia perto do orgasmo. Ela já estava excitada, a carne inchada e sensível pela minha manipulação anterior. Ela suplicou que a deixasse em paz, mas persisti até sentir a boceta contraindo-se sob minha língua e ouvir seus gritos de prazer.

Em seguida, comecei de novo, deslizando o dedo no canal, que ainda se contraía, para estimulá-la enquanto lambia o clitóris. Ela gozou depressa e comecei pela terceira vez, apesar de o pênis estar prestes a explodir.

— Chega — gemeu ela quando enfiei dois dedos nela, encontrando o ponto em seu interior que a deixou louca. — Por favor, Lucas, chega...

Mas eu ainda não terminara. Estava longe disso. Usando os dois dedos para penetrá-la, fechei os lábios novamente sobre o clitóris. Movi os dedos depressa e com força, e os gritos dela cresceram em volume a cada segundo. Senti as paredes internas dela contraindo-se em outro orgasmo, mas não parei. Continuei até senti-la gozar de novo. Em seguida, usei um pouco da umidade abundante da boceta e esfreguei na abertura minúscula do ânus.

Inicialmente, ela não reagiu, ficou apenas deitada com o rosto vermelho e os olhos fechados enquanto recuperava o fôlego. Com os tornozelos amarrados aos pulsos e a boceta molhada e inchada, ela era a representação da sensualidade vulnerável. Eu não gostava normalmente daquele tipo de coisa, mas amarrar Yulia era diferente. Não se tratava de perversão, e sim de posse.

Depois daquela noite, ela não teria dúvidas de que era minha.

Quando o ânus estava suficientemente lubrificado, pressionei a ponta do dedo na abertura apertada, observando a reação dela. Na única vez em que eu a tocara lá durante o banho, ela ficara tensa. Percebi então que ela tinha um problema com sexo anal ou nunca passara pela experiência. Eu esperava que fosse a segunda opção, mas suspeitava que fosse a primeira.

Como esperara, assim que empurrei o dedo cerca de um centímetro dentro dela, Yulia contraiu as nádegas e abriu os olhos. — Não. — A voz dela estava tensa. — Por favor, não.

— Foi o seu treinador? — Mantive o dedo onde estava, sem pressionar adiante nem o retrair. — Ele também a machucou assim?

Ela me encarou, com a respiração pesada, e vi sua boca tremer antes que apertasse os lábios. Ela não disse nada, mas eu não precisava de uma confirmação verbal.

O filho da puta a machucara, sim... e ela tinha medo de que eu fizesse o mesmo.

Alguma coisa dolorosa se contraiu dentro de mim. Eu não merecia a confiança dela, mas uma parte de mim a queria. Era um desejo que contradizia diretamente minha necessidade primitiva de subjugá-la, de mantê-la a qualquer custo.

Mesmo enquanto a mantinha amarrada e indefesa, não queria que ela sentisse medo de mim... pelo menos, não daquela forma.

— Não vou machucar você — disse eu baixinho, mantendo o olhar de Yulia. O desejo selvagem que latejava dentro de mim se transformou em um tremor surdo quando tirei a ponta do dedo de dentro dela. — Prometo a você.

Ela estremeceu de alívio e fechou os olhos. Abaixei a cabeça novamente, lambendo a boceta gentilmente. Ela ainda estava macia e molhada. Eu sabia que ela estava longe de mais um orgasmo e não tentei fazer com que gozasse de novo. Em vez disso, eu a acariciei com a língua e os lábios, dando-lhe um prazer não exigente. Fiz isso pelo que pareceu horas e, depois de algum tempo, senti que a tensão aterrorizada dela finalmente desaparecera.

Continuando a lambê-la, movi a boca até a fenda molhada e mergulhei a língua lá, sentindo seu gosto. Yulia ficou tensa de uma forma diferente e um gemido escapou de seus lábios. Estimulei a excitação crescente dela esfregando cuidadosamente o clitóris inchado com os dedos. Ela gemeu de forma mais intensa e movi a língua mais para baixo, para o círculo apertado do músculo entre as nádegas.

Yulia enrijeceu o corpo por um segundo, mas eu só lambi seu ânus, esfregando o clitóris até que ela estivesse sem fôlego, movendo os quadris em um ritmo instintivo. Senti que ela estava prestes a gozar e belisquei o clitóris com pressão firme e constante.

O corpo dela ficou rígido e senti o músculo pulsando sob minha língua quando ela gritou de prazer. Lambi-a uma última vez, depositando o máximo possível de saliva. Em seguida, usando a distração do orgasmo, enfiei o dedo nela novamente. Ele entrou facilmente até que o corpo dela o prendeu no lugar. Mantive-o lá, deixando que ela se ajustasse à sensação. Sentei-me e cheguei mais perto, pressionando a virilha contra ela.

Os olhos dela estavam arregalados e desfocados. Seus lábios se abriram quando ela olhou para mim, com o peito subindo e descendo em respirações pesadas.

— Não vou machucar você — repeti, mantendo o dedo dentro dela enquanto usava a mão livre para guiar o pênis para a boceta. — Não passaremos disto hoje.

Yulia não respondeu, mas fechou os olhos e enterrou os dentes no lábio inferior quando meu pênis entrou na abertura quente e apertada. Com o dedo enfiado em seu ânus, eu conseguia sentir o pênis entrando nela, expandindo suas paredes internas à medida que ia mais fundo. Gemi com o prazer estranho que isso me deu e meus testículos se contraíram com um desejo explosivo.

— Sim, querida, isso mesmo. Deixe-me ir mais fundo... — Eu mal percebi o que dizia. Minha voz era um rugido primitivo no peito quando a boceta dela me abraçou por inteiro. — Ai, caralho, isso mesmo, bem assim...

Ela gritou quando me ajeitei na cama e comecei a investir, sem conseguir me segurar por mais tempo. Estar dentro dela era o paraíso e eu não queria sair dali nunca mais. Se fosse como eu queria, treparia com Yulia o tempo inteiro. Mas, logo em seguida, o prazer se intensificou, transformando-se em um êxtase incrível, e senti o orgasmo aproximando-se. O ritmo das investidas aumentou e ouvi os gritos dela cada vez mais altos, misturados com meus rosnados. Minha visão ficou turva e meu corpo inteiro foi tomado por uma tensão intolerável. Acima do rugido das batidas do coração, ouvi Yulia gritar e senti seus músculos internos se contraírem em volta do meu pênis e do meu dedo.

Percebi vagamente que ela gozara e, no instante seguinte, o meu clímax me atingiu, com o pênis contraindo-se incontrolavelmente, sem parar.

Yulia

EU ESTAVA TONTA E TRÊMULA, COM OS BATIMENTOS cardíacos na estratosfera, quando Lucas lentamente retirou o dedo do meu ânus e o pênis da boceta. Eu estava tão desnorteada que mal percebi quando Lucas me desamarrou, ergueu-me nos braços e carregou-me para fora do quarto.

Só quando o jato de água me atingiu foi que percebi que estávamos juntos no chuveiro. Os braços dele estavam em volta de mim, por trás, para me impedir de cair. Os músculos das minhas pernas estremeciam por terem ficado esticados por tanto tempo e meu corpo latejava depois da invasão dupla. Lucas beijou meu pescoço ao me segurar e deixei que fizesse isso, encostando a cabeça em seu ombro enquanto a água quente caía sobre nós.

— Relaxe, linda. — A voz dele foi um murmurar suave em meu ouvido quando tentei me afastar. Ele apertou os braços em volta de mim, segurando-me no lugar. — Só estamos tomando um banho juntos, mais nada.

Eu sabia que deveria protestar, empurrá-lo para longe, mas não tinha mais forças para lutar contra ele. Talvez nunca tivesse tido, pois lutar contra Lucas significava lutar também contra mim. Alguma coisa perversa em mim se sentia atraída por aquele homem perigoso e cruel desde o início.

Vendo que eu não tentava mais me afastar, Lucas conferiu se eu estava equilibrada e cuidadosamente afrouxou o abraço.

— Deixe-me lavar você — murmurou ele, pegando um frasco de sabonete líquido. Fiquei parada como uma criança obediente enquanto ele lavava meu corpo inteiro, da cabeça aos pés. As mãos ensaboadas dele passaram por tudo, até mesmo pelo local que o seu dedo invadira mais cedo. Fechei os olhos, desfrutando dos movimentos gentis dele.

Eu me desprezaria por isso no dia seguinte, mas, naquele momento, queria a ternura dele. Precisava dela.

Ele manteve a promessa de não me machucar. Eu ainda estava vagamente surpresa por isso. Quando Lucas me amarrara, achei que ele faria algo horrível comigo... e, quando ele começou a tocar no meu ânus, tive certeza disso. Mas além da ligeira ardência da entrada inicial, o dedo dele não me machucara e a sensação da língua dele lá fora... interessante. As sensações tinham sido estranhas, mas nada como a dor terrível que Kirill me causara naquele dia.

O jato de água parou e abri os olhos, percebendo que Lucas desligara o chuveiro.

— Venha, querida. — Ele me levou para fora do box do chuveiro e enrolou uma toalha felpuda no meu corpo antes de se secar rapidamente. — Vamos para cama — disse ele, dando um passo na minha direção. — Você está dormindo em pé.

Ele me pegou novamente no colo e não protestei enquanto me carregava de volta para o quarto. Mesmo depois do banho, eu me sentia como se estivesse prestes a desabar. Os orgasmos que Lucas me forçara a ter tinham me esgotado, tanto física quanto emocionalmente, e não havia nada que eu quisesse mais do que dormir.

O sono seria minha fuga pelo restante da noite e, no dia seguinte, meu carrasco partiria.

Ele iria embora e, se Rosa tivesse me dado informações confiáveis, eu também iria.

A ideia deveria me encher de alegria, mas, quando Lucas me colocou sobre a cama e algemou-me a ele, alegria era a última coisa que eu sentia. Mesmo agora, uma parte de mim estava de luto pela fantasia, pelo homem por quem eu começara a me apaixonar antes que ele destruísse meu coração.

LUCAS ME ACORDOU NO MEIO DA NOITE AO ME penetrar, com o pênis enorme invadindo-me por trás. Soltei uma exclamação e arregalei os olhos com a intrusão súbita. Eu não estava tão molhada quanto antes, mas não importava. Meu corpo respondeu a ele instantaneamente e meu sexo ficou cheio de líquido quente quando Lucas começou a me penetrar. Não houve sutileza naquela trepada, nenhuma tentativa de torná-la nada além de uma simples trepada.

Uma forma rude e básica de me reclamar.

Meu pulso esquerdo ainda estava algemado ao dele e o quarto estava totalmente escuro. Eu não conseguia ver nada. Conseguia apenas senti-lo segurando-me contra o corpo, com o braço parecendo uma faixa de aço em volta das minhas costelas. Os quadris dele investiram contra mim e eu o aceitei, incapaz de fazer qualquer outra coisa. Minha respiração acelerou, o calor cobriu minha pele em ondas e meus músculos internos começaram a se contrair.

— Diga que é minha. — O hálito quente de Lucas cobriu meu pescoço. — Diga que pertence a mim.

— Eu... — A intensidade das sensações invadiu meu cérebro ainda sonolento. — Eu sou sua.

— De novo.

— Eu sou sua. — Gemi quando o pênis atingiu um ponto dentro de mim que transformou o calor em uma erupção vulcânica. — Eu sou sua.

— Sim, você é. — Ele moveu a mão esquerda para o

meu sexo, levando consigo o meu pulso. — Você é minha e de mais ninguém.

— Sim, de mais ninguém... — Eu não sabia o que estava dizendo, mas, com os dedos dele tocando meu clitóris, não importava. Tudo parecia surreal, como algum tipo de sonho sexual. Senti o corpo musculoso de Lucas envolvendo-me enquanto me penetrava repetidamente. O calor vulcânico aumentou, queimando todos os pensamentos e a razão. Estonteada, gritei quando as sensações chegaram ao máximo e gozei, com os músculos internos contraindo-se em volta dele.

Lucas também gemeu e senti o corpo grande ficando tenso e estremecendo atrás de mim. O calor do sêmen me invadiu e meu sexo se contraiu repetidamente. Fagulhas de prazer queimaram minhas terminações nervosas.

Respirando pesadamente, fechei os olhos, sentindo o peito dele subir e descer contra minhas costas enquanto o pênis amolecia lentamente dentro de mim. Eu sabia que deveria me levantar para me limpar, ou pelo menos pegar um lenço, mas estava relaxada demais, exausta depois do prazer. Eu não queria fazer nada além de ficar deitada nos braços de Lucas. Ele parecia igualmente nada disposto a se mexer. Minhas pálpebras ficaram pesadas quando meus pensamentos começaram a divagar. Todos os meus medos e preocupações pareciam irreais, distantes daquele momento e de nós. Em algum mundo distante, éramos inimigos e ele era meu carrasco, mas eu não estava mais naquele lugar brutal.

Eu estava ali, quente e segura no abraço do meu amante.

O véu da escuridão caiu sobre mim e, ao mergulhar cada vez mais fundo em uma névoa de sonhos, ouvi quando ele disse baixinho: — Desculpe, Yulia. Você me odeia?

— Nunca — sussurrei para o Lucas do meu sonho. — Eu amo você. Sou sua.

E, quando o sono me capturou, senti-o beijar minha testa e abraçar-me com mais força, como se estivesse com medo de me largar.

ucas

A RESPIRAÇÃO DE YULIA PASSOU PARA O RITMO constante do sono, mas eu estava completamente acordado, sentindo o coração bater com força no peito. Ela falara sério? Sabia o que estava dizendo?

Sabia que era para *mim* que estava dizendo aquilo?

Eu queria acordá-la e exigir respostas, mas resisti ao impulso. Eu não sabia o que faria se Yulia me dissesse que era com Misha que estava sonhando. A simples ideia me queimou como ácido. Se eu descobrisse que aquelas palavras eram para ele...

Não. Eu não podia pensar assim. Não queria que Yulia olhasse para mim novamente como se eu fosse um monstro.

Apertando o braço em volta do peito dela, encostei os lábios em sua testa e fechei os olhos, tentando relaxar. Provavelmente fora algo que ela murmurara por acidente, mas, mesmo se houvesse alguma verdade em suas palavras, por que eu deveria me importar? O que eu queria dela era sexo. Sexo e uma companhia básica.

Só porque eu queria Yulia, não significava que precisava do amor dela.

Forçando minha respiração a desacelerar, desejei dormir, mas a ideia de que ela pudesse me amar era como um espinho no meu cérebro. Não importava o quanto tentasse, não conseguia tirar aquilo da cabeça nem suprimir a sensação quente que acompanhava a ideia.

Era uma reação ilógica de minha parte. Eu sabia, melhor do que ninguém, como aquelas palavras eram insignificantes. Meus pais as usavam como algo a dizer um para o outro e para mim em funções sociais. Era parte da fachada brilhante que apresentavam ao público e eu sempre soubera que não deveria acreditar. O mesmo acontecera com as mulheres com quem eu dormira. Várias delas usaram aquelas palavras de forma casual, dizendo-as como alguém diria "olá" e "tchau". Não havia absolutamente motivo algum para que eu me prendesse a uma frase murmurada de Yulia... uma frase que talvez nem fosse destinada a mim.

A não ser que fossem destinadas a mim. Seria possível? Não seria casual para Yulia, eu tinha certeza disso. Considerando as circunstâncias, caso se apaixonasse por mim, ela resistiria e faria com que eu soubesse pelo máximo possível de tempo... o que significava que provavelmente Yulia não percebera o que dissera.

Merda. Claramente, eu não conseguiria deixar aquilo de lado. Se Yulia me amava, eu precisava saber para eliminar a obsessão com o assunto.

Sentando-me, inclinei-me sobre ela e liguei a luz da mesinha de cabeceira.

Ela nem se mexeu com os meus movimentos. Seus lábios estavam ligeiramente abertos e os cílios formavam círculos escuros nas bochechas pálidas. Com o rosto relaxado no sono, ela parecia inacreditavelmente jovem, uma inocente esgotada pelas minhas exigências rigorosas.

Eu a observei por alguns momentos. Em seguida, desliguei a luz. Deitando-me, moldei o corpo contra ela por trás e respirei o perfume doce de seus cabelos.

Logo, prometi a mim mesmo ao fechar os olhos. Quando voltasse de Chicago, eu a questionaria e descobriria a verdade.

Minha prisioneira não iria a lugar algum e duas semanas não era tempo demais para esperar.

O TOQUE DO ALARME DO MEU TELEFONE ME TIROU DE um sono profundo. Suprimindo a vontade de esmagar o telefone, estendi o braço e desliguei o alarme. Bocejando, peguei a chave que deixava guardada na gaveta e virei-me para olhar para Yulia, que desta vez acordara com os meus movimentos e observava-me com um olhar sonolento.

— Bom dia, linda.— Incapaz de resistir, abri as algemas e puxei-a para o meu colo. Senti a pele dela deliciosamente quente ao abraçá-la e tive que lutar contra a vontade de uma última trepada. — Tenho que ir — murmurei, beijando o topo da cabeça dela. Havia tantas coisas que eu queria dizer a ela, tantas perguntas que queria fazer sobre a noite anterior, mas disse apenas: — Seja boazinha com Diego e Eduardo, ok?

Ela ficou ligeiramente tensa, mas senti-a assentir contra meu peito.

— Yulia, sobre ontem à noite... — Deslizei os dedos pelos cabelos dela e puxei-os gentilmente. Eu precisava ver o rosto dela, mas ela se recusou a encontrar o meu olhar.

Suspirei e decidi deixar aquilo de lado. Não era o momento de tentar descobrir o que Yulia talvez tivesse dito para mim quando estava meio dormindo. — Vou sentir saudades — disse eu.

Ela apertou os lábios, abaixando o olhar ainda mais. Lembrei a mim mesmo que precisava ser paciente. Eu poderia esperar duas semanas. Beijando novamente a cabeça dela, relutantemente tirei-a do meu colo e levantei, fazendo o possível para manter os olhos longe das curvas nuas.

Diego e Eduardo chegariam em dez minutos e eu ainda precisava tomar banho e vestir-me.

Yulia

— Yulia, você já conhece Diego. Este é Eduardo — disse Lucas, gesticulando na direção de dois guardas jovens. — Eles cuidarão de você na minha ausência.

Encostei o quadril na mesa da cozinha e acenei com a cabeça para os dois homens de cabelos escuros, mantendo a expressão cuidadosamente neutra. Diego era mais alto que Eduardo, mas os dois eram musculosos e estavam em boa forma. Eles tinham uma beleza peculiar, mas eu preferia a aparência feroz de viking de Lucas.

— Olá — disse eu, imaginando que não tinha nada a perder sendo gentil.

— Olá, Yulia. — Diego sorriu para mim, mostrando

os dentes brancos bonitos. — Devo dizer, hoje você parece muito mais... limpa.

O sorriso dele foi contagioso e vi-me sorrindo de volta. — Parece que banhos resolvem esse tipo de problema — respondi secamente. Ele riu alto, jogando a cabeça para trás. Eduardo também riu, mas, quando olhei de relance para Lucas, vi que o rosto dele estava sombrio e as sobrancelhas franzidas.

Ele estava com ciúmes dos guardas que escolhera?

— Vocês se lembram das minhas instruções, certo? — perguntou Lucas, olhando friamente para os dois homens. Percebi que ele realmente estava descontente com eles. — Todas elas?

— Sim, claro — respondeu Eduardo rapidamente. O sorriso de Diego desapareceu e os dois guardas endireitaram o corpo. — Você não precisa se preocupar com nada — acrescentou o homem mais baixo.

— Ótimo. — Lucas olhou duramente para eles antes de se virar para mim. — Verei você em duas semanas, ok? — disse ele em um tom mais suave. Assenti, tentando evitar encontrar o olhar pálido dele.

Eu tinha uma suspeita terrível de que meu sonho na noite anterior não fora inteiramente produto da minha imaginação.

Lucas parou por um segundo, como se quisesse dizer alguma coisa, mas logo em seguida virou-se e foi embora, saindo da cozinha. Alguns segundos depois, ouvi a porta da frente fechar.

Meu carrasco fora embora.

— Então — disse Diego em tom alegre, chamando

minha atenção novamente. Ele sorria de novo, com os braços cruzados sobre o peito largo. — O que temos para o café da manhã?

FIZ UMA OMELETE PARA MIM E PARA OS DOIS GUARDAS, tendo o cuidado de não fazer nada suspeito. Eles podiam parecer amigáveis, mas eu não imaginei que seus sorrisos fossem alguma coisa além de uma máscara.

Rapazes decentes não trabalhavam para traficantes de armas e aqueles dois tinham um bom motivo para me odiar... se descobrissem sobre meu papel na queda do avião, claro.

— Então, Yulia — disse Eduardo, devorando a omelete com prazer evidente. — Como aprendeu a cozinhar assim? É uma coisa russa?

— Sou ucraniana, não russa — respondi. Apesar de a diferença na região da minha cidade natal ser pequena, eu preferia pensar que pertencia ao país dos meus empregadores. — E sim, é meio que uma "coisa" do leste europeu. Muitas pessoas lá ainda acham que cozinhar é uma habilidade necessária para as mulheres.

— Ah, é necessária, sim. — Diego colocou o último pedaço da omelete na boca e olhou com expressão triste para a frigideira vazia. — No que me diz respeito, deveria ser obrigatória.

— Claro. Como limpar, lavar roupas e cuidar das

crianças, certo? — Abri um sorriso doce para os dois homens.

— Se uma mulher tivesse a sua aparência, eu lavaria as roupas — disse Eduardo com seriedade aparente. — Mas limpar... acho que não conseguiria fazer sozinho.

Eu ri, sem conseguir me conter. Ele nem mesmo tentava esconder as opiniões machistas.

— Acho que o que Eduardo está tentando dizer é que Lucas é um cara de sorte — comentou Diego em tom diplomático, chutando o outro guarda por baixo da mesa. — Só isso.

— Certo. — Reprimi a vontade de revirar os olhos. — Tenho certeza de que é só isso.

— Pode apostar. — Diego piscou para mim e levantou-se para jogar o prato de papel no lixo. — Eduardo é mimado — explicou ele, voltando para a mesa. — Primeiro, a *mamacita* dele o mimou. Depois, a ex-namorada.

— Cale a boca — resmungou Eduardo, olhando friamente para Diego. — Rosa não me mimou. Ela só era boa nos assuntos domésticos.

— Rosa? — Fiquei atenta ao nome familiar.

— Sim, ela é a criada de Esguerra — respondeu Diego. — Garota doce. Boa demais para esse cara aqui — ele apontou na direção de Eduardo com o polegar. — Ela terminou com ele há meses.

— Ah, entendi — disse eu, tentando não parecer interessada demais. Se Rosa fora namorada de Eduardo, isso explicava como ela sabia sobre o jogo de pôquer dos guardas. — Esguerra tem muitos empregados?

— Na verdade, não — respondeu Eduardo, levantando-se para jogar o prato no lixo. Ele franziu a testa. Supus que a lembrança de ter sido chutado por Rosa não era muito agradável. — Temos que ir — disse ele abruptamente, olhando para mim. — Está quase terminando sua comida, Yulia?

Assenti, comendo o restante da omelete. — Sim. — Levei meu prato para a lata de lixo, lavei a frigideira e coloquei-a sobre uma toalha de papel para secar. — Pronto.

— Ótimo. — Diego sorriu para mim, com os olhos brilhando. — Use o banheiro e depois levaremos você para seu passeio matinal.

ENQUANTO OS DOIS HOMENS ME LEVAVAM PARA UM passeio pela floresta, decidi que provavelmente não sabiam do meu envolvimento na queda do avião que matara os colegas deles. Ou, se sabiam, eram excelentes atores. Eles conversavam comigo com tanta facilidade como conversavam entre si, de forma amigável e relaxada. Eles não pareciam assassinos, mas percebi as armas presas na cintura da calça.

Se recebessem uma ordem de colocar uma bala na minha cabeça, eu tinha certeza de que não hesitariam.

Nosso passeio demorou cerca de vinte minutos.

Depois disso, eles me levaram de volta para a casa de Lucas.

— Muito bem, *chica* — disse Diego, levando-me para a biblioteca de Lucas. — Seu namorado disse que este é o seu lugar usual. Pegue o livro que quiser. Depois, temos que trabalhar.

— Namorado? — Atônita, olhei para o guarda. — Você quer dizer Lucas?

Diego sorriu. — Ele mesmo. A não ser que você tenha mais de um namorado aqui.

Engoli uma negação e peguei um livro aleatório. Lucas certamente *não* era meu namorado, mas, se era o que achavam, eu poderia usar isso a meu favor.

Isso também poderia explicar por que os dois guardas estavam sendo tão gentis comigo, percebi ao andar até a poltrona. Geralmente, era inteligente ter respeito pela namorada do chefe, mesmo se ela estivesse algemada e amarrada na maior parte do tempo.

Sentando-me, coloquei o livro no colo, respirei fundo e estendi os pulsos na direção de Diego. — Vá em frente, estou pronta.

Lucas

O VOO PARA CHICAGO FOI TRANQUILO. ESGUERRA FOI À cabine a cada duas horas para verificar se estava tudo bem, mas, na maior parte do tempo, ficou na parte de trás com a esposa e Rosa, que os acompanhava na viagem.

— Nora ainda está dormindo — disse ele, indo à cabine novamente uma hora antes do pouso. As sobrancelhas escuras estavam franzidas de preocupação. — Acha que isso é normal? Dormir tanto assim?

— Ouvi dizer que mulheres grávidas precisam de muito descanso — respondi, escondendo um sorriso.

Esguerra agia como se nenhuma mulher tivesse tido um filho antes. — Tenho certeza de que está tudo bem.

Ele assentiu e voltou para a parte de trás do avião, provavelmente para observar o sono de Nora, pensei divertido antes de voltar a atenção para os controles.

Depois da queda, eu não deixava nada ao acaso.

Pousamos em um pequeno aeroporto particular fora de Chicago, onde uma limusine blindada nos aguardava na pista. Eu enviara a maioria dos guardas à frente. Eles tinham vasculhado aquele aeroporto completamente e eu sabia que era seguro. Ainda assim, procurei automaticamente algum perigo nos arredores antes de andar até a limusine e sentar no banco do motorista.

Na nossa profissão, todo cuidado era pouco.

Enquanto eu dirigia a limusine para a casa dos pais de Nora, meus pensamentos voltaram para Yulia. Esguerra estava na parte de trás, com Nora e Rosa, e tudo estava quieto na estrada. Portanto, decidi usar aquele tempo para telefonar para Diego.

— Como estão as coisas? — perguntei assim que o guarda atendeu.

— Bem, vejamos... — Ele parecia estar prestes a gargalhar. — Para o café da manhã, ela preparou uma omelete maravilhosa. No almoço, ela nos serviu o melhor frango que já comi. E, para o jantar, ela está preparando costelas de porco e fazendo um bolo de chocolate. Portanto, eu diria que está tudo muito bem. Ah, e nós a levamos para um passeio esta manhã.

— Ela está se comportando? Nenhuma tentativa de fuga?

— Está brincando? Sua garota é uma prisioneira modelo. Ela até mesmo nos ensinou alguns palavrões em russo durante o almoço. Como *yob tvoyu mat'*...

— Excelente. — Rangi os dentes, lutando contra uma onda de ciúmes irracional. Eu sabia que podia confiar naqueles dois guardas, mas ainda me incomodava o fato de parecerem estar fazendo amizade com minha prisioneira. Leais ou não, ainda eram homens e eu sabia como era fácil ficar obcecado por Yulia. — Não se esqueça de algemá-la ao poste da cama durante a noite.

— Pode deixar, cara.

— Ótimo. — Respirei fundo. — E, Diego, se você ou Eduardo encostar um dedo nela...

— Nunca faríamos isso. — O jovem mexicano soou ofendido. — Ela é sua, sabemos disso.

— Muito bem. — Forcei-me a relaxar a mão no volante. — Telefone se acontecer alguma coisa.

E, desligando, voltei a atenção para a estrada.

O JANTAR DE ESGUERRA COM OS SOGROS TRANSCORREU sem incidentes até que Frank, o contato de Esguerra na CIA, resolveu nos fazer uma visita. Ele insistiu em falar com Esguerra, portanto, chamei meu chefe para fora depois de garantir que nossos atiradores de elite estavam em posição.

Se a agência norte-americana decidisse nos sacanear naquela noite, teria uma batalha nas mãos.

Felizmente, Frank não parecia suicida. Ele dispensou o carro e começou a andar com Esguerra. Eu os segui a uma distância pequena, mantendo a mão sobre a arma dentro da jaqueta. Eles não foram longe, apenas até o parque mais próximo e de volta ao ponto de partida.

— O que eles queriam? — perguntei a Esguerra quando o Lincoln preto de Frank foi embora.

— Querem que fiquemos fora do país deles — explicou Esguerra. — Pelo jeito, o FBI pirou... palavras de Frank, não minhas. Estão preocupados com o motivo de nossa presença aqui. Além disso, há toda a questão do sequestro de Nora.

— Certo. E o que você disse a ele?

— Que não estamos aqui a negócios e que sairemos quando estivermos prontos para partir. Agora, se me der licença, tenho que voltar para aquele jantar em família. — Ele entrou na casa e fui para a limusine, balançando a cabeça incrédulo.

Meu chefe tinha colhão, eu tinha que admitir.

Era tarde quando o jantar de Esguerra terminou. Felizmente, era um percurso breve até Palos Park, uma comunidade rica onde Esguerra comprara uma mansão seguindo minha recomendação.

— Será mais seguro do que um hotel — disse eu a

ele quando começamos a planejar a viagem duas semanas antes. — Essa casa específica está em condições particularmente boas, pois tem cercas e um portão eletrônico, sem falar em um longo caminho até a porta, excelente para privacidade.

Quando chegamos à mansão, Esguerra, Nora e Rosa entraram enquanto eu verificava se os guardas estavam corretamente posicionados e se sabiam o que fazer em caso de uma emergência. Demorei mais de uma hora e, quando finalmente entrei na casa, estava mais do que pronto para dormir. Mas, primeiro, precisava comer alguma coisa. As duas barras de cereais que eu comera no carro não eram um bom substituto para o jantar.

Claramente, eu ficara mal-acostumado com as comidas de Yulia.

— Ah, olá, Lucas — disse Rosa quando entrei na cozinha. Seu rosto ficou vermelho quando ela olhou para mim. Eu provavelmente a encontrara a caminho do quarto, pois ela vestia pijamas e segurava uma xícara de leite quente. — Não percebi que você ainda estava acordado.

— Sim, tive que fazer algumas verificações de segurança de último minuto — disse eu, reprimindo um bocejo. — Por que você ainda está acordada?

— Não consegui dormir. Muitas impressões novas, acho. — Os lábios cheios se curvaram em um sorriso. — Nunca andei de avião antes... nem estive nos Estados Unidos.

— Entendi. — Lutando contra outro bocejo, fui até

a geladeira e abri-a. Ela já estava totalmente abastecida, pois eu mesmo tomara providências para isso. Peguei queijo e pão para fazer um sanduíche.

— Quer que eu prepare alguma coisa para você? — ofereceu Rosa, observando-me com incerteza. — Posso fazer isso em um minuto.

— Agradeço a oferta, mas você deveria dormir. — Coloquei uma fatia de queijo em um pedaço de pão e mordi o sanduíche seco. — Tenho certeza de que terá que cozinhar bastante amanhã — continuei depois de mastigar e engolir.

— É, bem, é o meu trabalho. — Ela deu de ombros e acrescentou: — Mas você provavelmente tem razão. Acho que o *señor* Esguerra quer impressionar os pais de Nora amanhã à noite.

— Ahã. — Terminei o restante do sanduíche em três mordidas e guardei o queijo na geladeira. — Tenha uma boa noite, Rosa — disse eu, virando-me para sair.

— Você também. — Ela me observou quando saí da cozinha, com uma expressão estranhamente tensa, mas eu estava cansado demais para imaginar o que a preocupava.

Quando cheguei ao meu quarto, tomei um banho rápido e caí na cama. Surpreendentemente, o sono não chegou logo. Em vez disso, fiquei deitado acordado por vários minutos, virando sobre um colchão imenso que parecia frio e vazio demais.

Fazia menos de um dia e eu já sentia falta de Yulia.

Duas semanas, disse eu a mim mesmo. Eu só

precisava aguentar as duas semanas seguintes. Depois, iria para casa e Yulia estaria em meus braços novamente todas as noites.

 ulia

OLHEI PARA O TETO ESCURO, SEM CONSEGUIR FECHAR OS olhos apesar da hora. Era estranho estar na cama de Lucas sem ele... sentir o aço frio da algema prendendo-me ao poste do lado da cama, em vez de ao pulso dele. Eu me acostumara a dormir aconchegada no corpo quente dele e, mesmo com o cobertor puxado até o queixo, senti-me fria e exposta ao ficar deitada sozinha, tentando relaxar o suficiente para dormir.

Diego e Eduardo tinham sido bons guardas até o momento. Eles seguiam a rotina que Lucas devia ter passado para eles, deixando-me comer, esticar as pernas, usar o banheiro e ler na poltrona confortável. Eles também me faziam companhia nas refeições, apesar de eu suspeitar que a minha comida era boa parte do motivo. Quando o jantar terminou, decidi que gostava dos dois... o máximo que era possível gostar de mercenários cujo trabalho era me manter prisioneira. Rosa tinha razão sobre serem rapazes bons. Sob circunstâncias diferentes, talvez pudéssemos ser amigos.

Eu esperava que Lucas não os punisse com rigor demais por minha fuga... supondo que eu fosse bem-sucedida no dia seguinte.

Pensar no dia seguinte afastou o pouco de sono que eu começara a sentir. Para aliviar a ansiedade, repassei mentalmente de novo os detalhes do meu plano. Era simples: logo depois do almoço, usaria as ferramentas que Rosa me dera para me soltar e correria para a fronteira norte da propriedade, onde os guardas da Torre Norte Dois talvez estivessem distraídos com o jogo de pôquer. Diego e Eduardo estariam naquele jogo e não me procurariam antes das seis horas da tarde. Àquelas alturas, eu estaria dentro do caminhão de entrega que, com sorte, estaria bem longe do complexo de Esguerra.

Se tudo desse certo, na noite seguinte eu não seria mais prisioneira de Lucas Kent.

Eu deveria estar empolgada. Mas, em vez disso, havia uma dor oca no meu peito. O sonho da noite anterior, se fora realmente um sonho, ainda estava dolorosamente vívido na minha mente. Por um momento breve, esquecera-me de quem éramos, do que acontecera entre nós e dissera a Lucas algo que eu mesma não sabia até aquele momento.

— Você me odeia? — perguntara ele. E, como uma idiota, eu dissera que o amava.

Eu admitira uma fraqueza irracional terrível a um homem que me machucara com cada arma que lhe dera.

Talvez eu não tivesse dito aquelas palavras em voz alta. Talvez fosse realmente apenas um sonho... ou, mais precisamente, um pesadelo. Exceto que, nesse caso, por que Lucas falara na noite anterior quando se despedira de mim? Por que dissera que sentiria minha falta?

Resmungando, virei de lado e dei um soco no travesseiro com a mão livre. Eu devia estar doente ou, pelo menos, ter sofrido uma lavagem cerebral com a prisão. Eu não podia estar apaixonada por um homem que pretendia destruir meu irmão.

Eu não podia ser tão idiota a ponto de me apaixonar por um assassino que tinha uma pedra de gelo no lugar do coração.

Vou sentir saudades.

A voz profunda dele sussurrou na minha mente. Apertei os olhos, tentando calá-la. O que eu sentia, fosse amor ou insanidade temporária, desapareceria quando eu estivesse bem longe dali.

Eu tinha que acreditar nisso para que conseguisse me concentrar na fuga.

～

O café da manhã e o almoço transcorreram com uma lentidão agonizante. Quando Diego e Eduardo me amarraram na poltrona e foram embora, eu estava pronta para ter um ataque histérico. Torci para que não tivessem percebido minha ansiedade. Fiz o possível para agir normalmente, mas não tinha certeza se conseguira.

Depois de ouvir a porta da frente se fechar atrás deles, fiquei sentada em silêncio por alguns minutos para ter certeza de que não voltariam. Quando fiquei satisfeita, comecei a me mexer. Meu coração batia em ritmo rápido e desesperado. Minhas mãos estavam suadas quando procurei dentro das almofadas da poltrona os itens que Rosa me dera.

Peguei primeiro o grampo. Com as cordas prendendo a parte de cima dos meus braços à cadeira, meus movimentos eram limitados, mas consegui enfiar o grampo na fechadura das algemas. Eu estava longe de ser uma arrombadora experiente, mas aprendera a abrir fechaduras durante meu treinamento. Portanto, depois de algumas tentativas frustradas, consegui abrir as algemas.

A lâmina foi o item seguinte. Como minhas mãos não estavam mais presas juntas, consegui colocar a lâmina pequena sob as cordas em volta da parte de cima dos meus braços e cortá-las. Não foi uma tarefa fácil — eu sangrava por causa de diversos cortes quando terminei uma das cordas — mas estava determinada. Dez minutos depois, eu cortara cordas suficientes para conseguir me soltar da cadeira.

Passo um do plano concluído.

Em seguida, corri até a cozinha e peguei duas garrafas de água e algumas barras de cereais que encontrei em um dos armários. Eu não esperava permanecer na selva por muito tempo, mas era melhor estar preparada. Naquela hora do dia, o calor poderia me deixar desidratada em questão de horas. Também peguei a faca de cozinha mais afiada que encontrei. Em seguida, guardei a lâmina e o grampo no bolso da bermuda como garantia. Guardei a comida e a faca em uma mochila que encontrei no armário de Lucas e fui para a porta do quarto dele, a que levava para o quintal de trás e para a selva além dele.

Prendendo a respiração, abri a porta e analisei a área. Não havia sinal dos guardas e só ouvi os sons normais da natureza.

Tudo certo até então.

Saí e fechei a porta atrás de mim. Uma onda de calor úmido me atingiu, fazendo com que as roupas grudassem na pele. Eu estivera certa ao levar aquelas garrafas de água. Teria que ir para o norte por cerca de quatro quilômetros e depois para oeste ao longo do rio até chegar à estrada de terra que Rosa mencionara. E teria que beber água no caminho.

Respirando fundo para acalmar os nervos, andei na direção das árvores atrás da casa. Os tênis que Lucas me dera para nossos passeios quase não fizeram barulho quando entrei na selva. Soltei o ar aliviada quando a copa das árvores se fechou sobre minha cabeça, escondendo-me de possíveis olhos no céu.

Agora eu precisava chegar à fronteira da propriedade e localizar a estrada por onde o caminhão de entrega sairia em algum momento depois das três horas da tarde.

O suor se acumulou sob meus braços e escorreu pelas costas enquanto eu caminhava depressa, tentando não pisar em insetos ou cobras. Árvore fina, árvore grossa, um grupo de arbustos, um tronco caído... aqueles marcos era como eu acompanhava meu progresso. Concentrar-me nos arredores imediatos ajudava a não pensar nos drones que poderiam estar acima de mim nem nas torres dos guardas pelas quais teria que passar a caminho da fronteira. Rosa me dissera que era na Torre Norte Dois que os guardas jogavam pôquer, mas eu não sabia como distinguir aquela torre das outras.

Se havia uma Torre Norte Dois, certamente havia uma Torre Norte Um. E, se eu passasse pela torre errada, estaria em apuros.

Depois de meia hora, peguei a primeira garrafa e bebi a maior parte da água. Em seguida, limpei o suor do rosto com a camiseta. Mesmo com a bermuda e a camiseta curta que vestia, o calor era insuportável.

Só mais um pouco, disse eu a mim mesma. Eu não devia estar muito longe do rio. Só precisava chegar a ele e segui-lo para o oeste até encontrar a estrada.

Seria no máximo mais meia hora de caminhada.

— Alto!

Ao ouvir a ordem gritada em espanhol, fiquei imóvel, erguendo instintivamente as mãos. A garrafa de água caiu dos meus dedos. *Ai, merda. Merda. Merda, merda, merda.*

A voz masculina gritou outra ordem para mim e virei-me devagar, supondo que fora isso que ele me dissera para fazer.

Um homem musculoso de cabelos escuros estava parado a poucos metros à minha frente, com a M16 apontada para o meu peito. Ele vestia calças camufladas e uma camiseta sem mangas. Vi um rádio pendurado em sua cintura.

Era um dos guardas. Ele devia estar patrulhando a floresta quando me vira.

Eu estava muito, muito fodida.

Encarando-me, o guarda disse algo em espanhol. Balancei a cabeça negativamente. — Desculpe. — Umedeci os lábios secos com a língua. — Não falo espanhol.

A expressão do jovem ficou mais sombria. — Quem é você? O que está fazendo aqui? — disse ele em inglês com sotaque forte.

— Eu... — Engoli em seco, sentindo o suor escorrer pelo rosto. — Estou hospedada com Lucas.

— Lucas Kent? — O guarda pareceu confuso por um momento. Em seguida, arregalou os olhos escuros. — Você é a prisioneira.

— Ahm, mais ou menos. Mas, agora, sou hóspede dele. — Tentei abrir um sorriso trêmulo ao abaixar lentamente as mãos dos lados do corpo. — Você sabe como é.

Uma expressão de compreensão surgiu no rosto do guarda. — Você é a *puta* dele.

Eu tinha quase certeza de que ele acabara de me chamar de prostituta, mas assenti e aumentei o sorriso, torcendo para que parecesse sedutor, não assustado. — Ele gosta de mim — disse eu, movendo os ombros para trás e expondo os seios sem sutiã sob a camiseta. — Sabe o que quero dizer?

O olhar do homem desceu do meu rosto para a camiseta encharcada de suor. — *Sí.* — A voz dele estava ligeiramente rouca. — Sei o que quer dizer.

Dei um passo na direção dele, mantendo o sorriso no rosto. — Ele não está aqui — disse eu, rebolando intencionalmente. — Foi em uma viagem com o seu chefe.

— Com Esguerra, sim. — O homem parecia hipnotizado pelos meus seios, que balançavam com meus movimentos. — Em uma viagem.

— Certo. — Dei mais um passo à frente. — Fiquei entediada de ficar em casa.

— Entediada? — O guarda finalmente conseguiu afastar o olhar dos meus seios. Os olhos dele pareciam ligeiramente desfocados ao olhar para o meu rosto, mas a arma ainda estava apontada para mim. — Você não deveria estar aqui fora.

— Eu sei. — Mordi o lábio inferior de propósito. — Lucas me deixa sair para o quintal de trás. Vi um pássaro bonito, resolvi segui-lo e acabei perdida.

Era a história mais idiota, mas o guarda não pareceu achar isso. Por outro lado, o fato de ele estar olhando para os meus lábios como se quisesse devorá-los talvez tivesse algo a ver.

— Então, sim, talvez você possa me mostrar o caminho de volta para a casa dele — continuei quando ele permaneceu em silêncio. Arrisquei mais um passo pequeno na direção dele. — Está muito quente hoje.

— Sim. — Ele abaixou a arma e segurou meu braço esquerdo. — Venha. Vou levar você até lá.

— Obrigada. — Abri o sorriso mais largo que consegui e movi a mão direita para cima, acertando a palma na parte debaixo do nariz dele.

Ouvi um barulho de ossos sendo partidos e vi o sangue espirrando. O guarda cambaleou para trás, segurando por reflexo o nariz quebrado. Agarrei o cano a M16, chutando o joelho dele enquanto puxava a arma para mim.

Meu pé atingiu o joelho dele, mas o homem não cedeu. Em vez disso, ele soltou o nariz e agarrou a arma com as duas mãos, puxando-a — e a mim — em sua direção.

Ele talvez não fosse tão bem treinado como Lucas, mas ainda era muito mais forte que eu.

Percebendo que eu só tinha alguns segundos antes que ele me jogasse no chão, parei de puxar e empurrei a arma na direção dele, fazendo com que perdesse o equilíbrio por um momento. Ao mesmo tempo, chutei entre as pernas dele com o máximo possível de força.

Meu tênis atingiu o alvo, os testículos do guarda. Uma exclamação surda escapou da garganta do homem, seguida de um grito estridente quando ele dobrou o corpo. O rosto dele ficou pálido e a mão que segurava a arma afrouxou por um segundo... que era todo o tempo de que eu precisava.

Arrancando a arma pesada das mãos do guarda, golpeei a cabeça dele com ela.

A arma fez um barulho alto ao bater no crânio dele. O impacto lançou uma onda de dor pelos meus braços, mas meu adversário caiu como uma pedra.

Eu não fazia ideia se ele estava inconsciente ou morto e não perdi tempo verificando. Se houvesse outros guardas nos arredores, talvez tivessem ouvido o grito dele.

Segurando a M16, comecei a correr.

Árvore. Arbusto. Uma raiz retorcida. Um formigueiro. As marcas pequenas viraram um borrão enquanto eu corria. Minha respiração estava ofegante. A cada poucos minutos, eu olhava para trás em busca de sinais de perseguição, mas não vi nada. Depois de algum tempo, arrisquei diminuir a velocidade.

Onde diabos estava o rio? Ele ficava a apenas cerca de quatro quilômetros, não deveria demorar tanto para encontrá-lo.

Ante que eu tivesse a oportunidade de me perguntar se Rosa mentira, o chão à minha frente subitamente se inclinou para baixo em um ângulo abrupto. Parei depressa, mal evitando cair, e, através dos arbustos densos à minha frente, vi um brilho azul abaixo.

O rio.

Eu estava na fronteira norte do complexo de Esguerra.

Soltei o ar com alívio. Comecei a avançar para olhar mais de perto... e congelei novamente.

A menos de cem metros, à esquerda, havia uma torre de guarda.

Ela estivera escondida atrás das árvores.

Recuei e agachei atrás da árvore mais próxima, torcendo desesperadamente para que os guardas não tivessem me visto ainda. Quando não ouvi gritos nem tiros, arrisquei espiá-la novamente.

A estrutura era alta e ameaçadora, terminando acima da floresta. No topo, havia um compartimento quadrado sólido com fendas, em vez de janelas, e, em volta dele, uma passarela a céu aberto. Não vi guardas na passarela, mas provavelmente estavam todos na parte de dentro, escondendo-se do calor. Não havia marcas na estrutura. Ela poderia ser a Torre Norte Dois ou alguma outra torre. Não havia como saber.

Se eu fosse para oeste, passaria bem ao lado dela. E, se os guardas dentro dela olhassem para fora, eu seria pega em um instante.

Por um momento, considerei voltar e tentar localizar a estrada quando estivesse mais ao sul, fora das vistas daquela torre, mas decidi que era melhor não. Poderia haver mais torres lá. Além do mais, Rosa dissera que o software de segurança se concentrava em coisas que se *aproximavam* da propriedade. Isso significava que o computador talvez sinalizasse qualquer coisa movendo-se para o sul a partir daquele ponto.

Eu teria que cruzar o rio ali ou virar para oeste e tentar encontrar a estrada onde ela fazia interseção com o rio.

Olhei para o rio. Com os arbustos bloqueando minha visão, não havia como saber qual era a largura nem a profundidade. Ele poderia facilmente ter uma correnteza forte ou, como era na floresta amazônica, estar cheio de jacarés. Se eu fosse uma nadadora particularmente boa, poderia arriscar, mas rios que cruzavam a selva não tinham feito parte do meu treinamento.

Olhei novamente para a torre. Ainda não havia guardas na passarela. Eles poderiam estar jogando pôquer dentro dela?

Vacilei entre as duas opções por um minuto, debatendo os prós e os contras de cada uma. Mas, no fim das contas, foi a posição do sol que me ajudou a tomar uma decisão. Ele descia lentamente pelo céu, indicando que a tarde estava passando. Eu não tinha relógio e não sabia que horas eram, mas provavelmente era perto de três da tarde.

Se eu não encontrasse a estrada logo, arriscaria perder o caminhão. Nesse caso, não importaria se os guardas na torre me vissem ou não. Quando Diego e Eduardo percebessem que eu desaparecera, seria encontrada em questão de horas se ainda estivesse na selva a pé.

Tentando acalmar minhas mãos trêmulas, coloquei

a M16 no chão. Seria muito mais provável levar um tiro se eu estivesse visivelmente armada. Além do mais, uma arma não me ajudaria contra os guardas que estariam com armas melhores e teriam a proteção da torre.

Olhando para o rio uma última vez, deixei o abrigo da árvore e fui para oeste, em direção à torre.

Árvore fina. Árvore grossa. Raiz. Arbusto. Um grupo de flores selvagens. Olhei para a vegetação enquanto andava. O medo era como dedos gelados no meu peito. A torre ficou mais próxima, eu conseguia vê-la agora com a visão periférica. Concentrei-me em não olhar para ela, em andar devagar e de forma deliberada, um pé depois do outro.

Árvore grossa. Outra árvore grossa. Uma vala pequena sobre a qual tive que pular. Meu coração parecia prestes a saltar da boca, mas continuei andando sem olhar para a torre. Ela estava paralela a mim, depois ligeiramente atrás. Consegui manter o olhar à frente e andar no mesmo ritmo.

Minha pele se arrepiou e senti um calafrio no pescoço ao atravessar uma clareira pequena, mas ainda não ouvi gritos nem tiros.

Eles não me viram.

Aquela devia ser a Torre Norte Dois.

Arrisquei apressar o passo ligeiramente. Quando olhei para trás alguns minutos depois, a torre não estava mais visível.

Parei e encostei no tronco de uma árvore. Meus joelhos ficaram fracos por causa do alívio.

Eu conseguira passar da torre sem levar um tiro.

Quando meu coração começou a bater um pouco mais devagar, forcei-me a endireitar o corpo e continuar andando.

Não percebi quanto tempo levou até que eu chegasse à estrada, mas o sol estava mais baixo quando a encontrei. A estrada não era grande coisa, apenas um caminho de terra cortando a selva, mas, no ponto em que encontrava o rio, ela se alargava em uma ponte de madeira resistente.

Parei e escutei, mas tudo estava em silêncio. Não havia sons de um carro aproximando-se em sinais dos guardas.

Virei na direção da ponte e comecei a andar. Imediatamente, percebi que tivera razão em não cruzar o rio no local anterior. O rio era largo e as duas margens eram íngremes. Mesmo se eu conseguisse atravessá-lo, teria dificuldades em subir no outro lado.

Continuei andando e logo a ponte, bem como o complexo de Esguerra, estavam atrás de mim. Tentei ficar o mais perto possível da linha das árvores, mas ainda na estrada. Eu não queria ser vista por drones que talvez estivessem patrulhando a área, mas não podia arriscar perder o caminhão de entregas no caminho de volta.

Andei pelo que pareceu horas até que finalmente ouvi o rugido do motor de um veículo.

Era ele.

Peguei a faca que eu roubara da cozinha de Lucas e coloquei-a na cintura da bermuda, cobrindo o cabo com a parte inferior da camiseta. Eu esperava que não tivesse que usar a faca, mas era melhor estar preparada.

Ignorando o ritmo frenético do meu coração, saí para a estrada e esperei que o veículo se aproximasse.

Era uma van, não um caminhão como eu supusera. Ele parou à minha frente e o motorista, um homem baixo de meia idade com a pele bronzeada, saiu do veículo, olhando para mim surpreso. Ele perguntou algo em espanhol e balancei a cabeça, dizendo: — Turista. Sou uma turista norte-americana e estou perdida. Por favor, ajude-me.

Ele pareceu ainda mais surpreso e disse algo muito depressa em espanhol.

Balancei a cabeça de novo. — Desculpe, não falo espanhol.

Ele franziu a testa e olhou em volta, como se esperasse que um tradutor saltasse de um arbusto. Quando nada aconteceu, ele deu de ombros e gesticulou para que eu o seguisse até o carro.

Subi no banco do passageiro ao lado dele, cuidando para manter a mão perto da faca. Talvez o entregador fosse funcionário de Esguerra ou talvez fosse apenas um civil que entregava comida na propriedade de um traficante de armas.

De qualquer forma, se ele tentasse alguma coisa ou se tentasse telefonar para alguém, eu estava pronta.

O motorista ligou o carro e a van começou a se mover, indo para norte na estrada de terra. Depois de alguns minutos, o homem ligou o rádio e começou a cantar baixinho. Sorri para ele e afastei a mão do cabo da faca.

Eu conseguira.

Eu fugira.

Agora, poderia avisar Obenko e salvar meu irmão.

— Adeus, Lucas — sussurrei bem baixinho enquanto a van sacolejava na estrada de terra, levando-me para longe do meu carrasco.

Para longe do homem que eu amava.

Obrigada por ler! Espero que tenha gostado da história de Lucas e Yulia! O romance deles continua em *Reivindique-me (Capture-me: Livro 3)*.

Yulia pode ter escapado, mas está longe de estar segura. O perigo do meu trabalho ocupa meus dias, mas vivo para caçar Yulia. Quando eu a encontrá-la, ela nunca mais escapará.

Farei o que for preciso para mantê-la.

Quer receber notificações sobre meus novos lançamentos? Registre-se na minha lista de e-mail em www.annazaires.com/book-series/portugues/!

Quer ler meus outros livros? Confira:

- *A trilogia Perverta-me* – a história sombria de

como Julian Esguerra, o chefe de Lucas, sequestra a esposa, Nora

- *A trilogia de Mia e Korum* – a história de ficção científica futurista de Korum, um alienígena poderoso, e Mia, a estudante tímida que ele está determinado a ter
- *A Prisioneira dos Krinars* – o romance envolvente entre Emily, uma mulher em perigo mortal, e Zaron, o alienígena disfarçado que salva a vida dela

Você também poderá gostar de uma obra em colaboração com meu marido, Dimas Zales:

- *O Código de Feitiçaria* – as aventuras de fantasia épica do feiticeiro Blaise e sua criação, e bela e poderosa Gala

E agora, por favor, vire a página e conheça um trecho de Perverta-me, de Anna Zaires.

Nota do Autor: *Perverta-me* é uma trilogia erótica dark sobre Nora e Julian Esguerra. Todos os três livros estão disponíveis agora.

Sequestrada. Levada para uma ilha particular.

Nunca achei que isso poderia acontecer comigo. Nunca imaginei que um encontro casual na noite do meu aniversário de dezoito anos mudaria minha vida tão completamente.

Agora pertenço a ele. A Julian. A um homem que é tão implacável quanto bonito. Um homem cujo toque me deixa em chamas. Um homem cuja ternura é mais arrasadora do que sua crueldade.

Meu sequestrador é um enigma. Não sei quem ele é nem por que me sequestrou. Há uma escuridão dentro dele, uma escuridão que me assusta, mas que também me atrai.

Meu nome é Nora Leston e esta é minha história.

Chegou o anoitecer e, a cada minuto que passava, eu ficava cada vez mais ansiosa com a ideia de ver meu sequestrador novamente.

O romance que eu estivera lendo não mantinha mais meu interesse. Eu o larguei e andei em círculos pelo quarto.

Eu estava vestida com as roupas que Beth me dera mais cedo. Não era o que eu teria escolhido para usar, mas eram melhores do que um roupão. Uma calcinha branca de renda *sexy* e um sutiã combinando, um vestido azul bonito abotoado na frente. Tudo me serviu perfeitamente, de forma muito suspeita. Ele estivera observando-me por algum tempo? Descobrindo tudo sobre mim, incluindo o tamanho das roupas?

A ideia me deixou enjoada.

Tentei não pensar no que aconteceria, mas foi impossível. Eu não sabia por que tinha tanta certeza de que ele apareceria naquela noite. Era possível que ele tivesse um harém inteiro de mulheres na ilha e visitasse cada uma delas apenas uma vez por semana, como os sultões.

Ainda assim, eu sabia que ele chegaria em breve. A noite anterior simplesmente abrira o apetite dele. Eu sabia que demoraria muito para que ele se cansasse de mim.

Finalmente, a porta se abriu.

Ele entrou como se fosse dono do lugar. O que, claro, era verdade.

Fiquei novamente impressionada pela beleza masculina dele. Com um rosto daqueles, ele poderia ter sido modelo ou ator de cinema. Se houvesse alguma justiça no mundo, ele seria baixo ou teria alguma outra imperfeição para compensar aquele rosto.

Mas não tinha. O corpo era alto e musculoso, com proporções perfeitas. Lembrei-me da sensação de tê-lo dentro de mim e senti uma onda indesejada de excitação.

Ele vestia novamente calça *jeans* e uma camiseta, desta vez, cinza. Ele parecia gostar de roupas simples, o que era inteligente. A aparência dele não precisava de realce.

Ele sorriu para mim. Aquele sorriso de anjo caído, sombrio e sedutor ao mesmo tempo. — Olá, Nora.

Eu não sabia o que dizer e falei a primeira coisa que me surgiu na mente. — Por quanto tempo vai me manter aqui?

Ele inclinou a cabeça ligeiramente para o lado. — Aqui no quarto? Ou na ilha?

— Os dois.

— Beth mostrará o lugar a você amanhã. Se quiser,

poderá nadar — disse ele, aproximando-se. — Você não ficará trancada, a não ser que faça alguma tolice.

— Como o quê? — perguntei. Meu coração bateu com mais força dentro do peito quando ele parou perto de mim e ergueu a mão para acariciar meus cabelos.

— Tentar machucar Beth. Ou machucar você mesma. — A voz dele era suave e o olhar hipnótico ao olhar para mim. A forma como tocava nos meus cabelos foi estranhamente relaxante.

Pisquei, tentando me livrar do feitiço dele. — E a ilha? Por quanto tempo pretende me manter aqui?

A mão dele acariciou as curvas em volta do meu rosto. Eu me vi recostando-me na mão dele, como uma gata sendo acariciada, e imediatamente endireitei o corpo.

Os lábios dele se curvaram em um sorriso. O idiota sabia o efeito que tinha em mim. — Muito tempo, espero — disse ele.

Por algum motivo, não fiquei surpresa. Ele não teria se dado ao trabalho de me levar até a ilha se quisesse apenas dar algumas trepadas comigo. Fiquei aterrorizada, mas não surpresa.

Reuni coragem e fiz a próxima pergunta mais lógica. — Por que você me sequestrou?

O sorriso desapareceu do rosto dele. Ele não respondeu, apenas me encarou com um olhar azul inescrutável.

Comecei a tremer. — Você vai me matar?

— Não, Nora, não vou matar você.

A negação dele me reconfortou, apesar de, obviamente, ser possível que estivesse mentindo.

— Você vai me vender? — Mal consegui pronunciar as palavras. — Para ser uma prostituta ou algo assim?

— Não — disse ele em tom suave. — Nunca. Você é minha e só minha.

Eu me senti um pouco mais calma, mas havia mais uma coisa que precisava saber. — Você vai me machucar?

Por um momento, ele não respondeu. Algo sombrio passou em seus olhos. — Provavelmente — respondeu ele baixinho.

Em seguida, ele se abaixou e beijou-me, com os lábios quentes e macios tocando nos meus gentilmente.

Por um segundo, fiquei imóvel, sem reagir. Eu acreditei nele. Sabia que estava falando a verdade quando dissera que me machucaria. Havia algo nele que me assustava. Algo que me assustara desde o início.

Ele não era nada parecido com os rapazes com quem eu saíra. Ele era capaz de qualquer coisa.

Eu estava completamente à sua mercê.

Pensei em tentar lutar contra ele novamente. Seria a coisa normal a fazer na minha situação. Um ato de coragem.

Mesmo assim, não fiz nada.

Eu conseguia sentir a escuridão dentro dele. Havia algo de errado com ele. A beleza externa escondia algo monstruoso.

Eu não queria libertar aquela escuridão. Não sabia o que aconteceria se fizesse isso.

Portanto, fiquei imóvel entre os braços dele e deixei que me beijasse. E, quando ele me pegou no colo e levou-me para a cama, não tentei resistir.

Em vez disso, fechei os olhos e entreguei-me às sensações.

Todos os três livros da trilogia *Perverta-me* estão disponíveis. Por favor, visite nossa página www.annazaires.com/book-series/portugues/ para saber mais e se inscrever em minha lista de e-mail.

Anna Zaires é autora *best-seller* do *New York Times* e do *USA Today* de livros de ficção científica e de romances eróticos contemporâneos. Ela se apaixonou por livros aos cinco anos de idade, quando a avó a ensinou a ler. Desde então, sempre viveu parcialmente em um mundo de fantasia, onde os únicos limites são os impostos pela imaginação. Ela mora na Flórida e é casada com Dima Zales, autor de ficção científica e fantasia. Eles trabalham juntos em todos os livros.

Para saber mais, acesse www.annazaires.com/book-series/portugues/.

www.ingramcontent.com/pod-product-compliance
Lightning Source LLC
Chambersburg PA
CBHW070631100726
47907CB00007B/1942